お客さま、そんな部署はございません

越水玲衣

目次

プロローグ

これは少し前のこと。私が働いていたある市役所での出来事を「セミ・フィクション（ゆるやかな事実）」的に綴ったお仕事小説です。

とはいえ、これは職員が大活躍する「ヒーローもの」ではないし、相手をギャフンと言わせる「スカッともの」でもありません。穏便にことを収めるための「奇跡の接客マニュアル」でもなければ、相手を操る「悪魔の接客マニュアル」でもありません。そういう意味でいえば、この小説、つまり私の歩んできた道なんか邪道そのものです。

ただどうしても、あなたには知って欲しかったのです。

市民の言動に傷つき、時に私の方が市民を傷つけながらも、最後に行き着いた場所からの眺めを。しんどかった「おもてなし」の、その先に広がる眺めを。

第一話　二〇一四年・初夏

「はじまり――安易に夢がかなってしまったのだが、正直なんも嬉しくない」

ちょっと買い物に出かけようとしたら、アパートのドアポストに郵便が届いていた。先日受けたバンノウ市役所の、新市庁舎オープンにともなう臨時職員採用の結果が来たのだ。もうサンダルを履いてしまったその足で、私は封筒の開け口をむしり取った。

「採　用」

よかった。これで来月からわずかながらも固定給が入る。市役所の非正規臨時職は、給料こそ最低賃金に近い安さだが、よほどのことがなければ期間満了まで勤めていられる。勤務開始日は二週間後だ。

官公庁に勤務するのはこれで三回目だ。以前は五年ほど、今、住んでいる生まれ育った場所ツキナミ市役所で臨時職員として働いていた。その後、ツキナミ税務署でアルバイトを一年。そこでわかったことは、官公庁の業務形式というのは基本的にどこも同じだということだ。さらに職員のものの考え方やたたずまいまで、どこか相通じるものがある。だから今回もさほど不安はない。仕事の内容はともかく、うまくやっていけるだろう。ツキナミ市の人口は約三〇万人、対してこれから勤めるバンノウ市はその半分の一五万人。ツキナミ市の北側に隣接する港町だ。

とりあえず手紙を斜め読みした。時節の挨拶文に続いて、採用試験のいきさつが続く。「結果、あなたを採用いたします」と簡素に書かれたコピー用紙の下に、ずいぶんと余白を空けて何やら文字が書いてあった。

あなたの配属先は「総務課」です

待てよ、イヤな予感がする。

今回の採用は、老朽化した庁舎を取り壊して別の場所に新築するにあたり、市民のユーザビリティとホスピタリティをいっそう高めようと窓口業務を一点化、つまり「ワンストップ化」させるための大幅増員ではなかったか。募集要項にはそう書いてあったはずだ。こまごまと課が分かれた市役所で、市民に庁舎を渡り歩かせることをさせず、主要な手続きをひとつの場所で完結できるようにする。そのダイナミックな窓口の対応要員として採用されたのだと思い込んでいた。それなのに総務課とは、いったいどういうことなのだろう。

役所の総務系といえば、法務・人事・福利厚生など、業務の対象は市民ではない。むしろ職員のための課だ。市民との接点は極めて少ないし、大量に人員がいる部署でもない。

　ぶっちゃけ総務系にいるような職員は、出世コースの途上にいる選ばれし者たちが多い。スキル高め、学歴高め、あるいは上層部に取り入るのがうまい人たらしか意識高い系なども混じっているが、どうしても特権意識を持ちやすい部署だ。気取ったヤツらだと職員同士でもそう見られているところがある。さほど大きくない港町のバンノウ市総務課がどういう感じなのかはわからないが、似たようなところだろう。

　私がツキナミ市で所属していたのは「市民課」での証明書発行係と「ようこそ赤ちゃん課」の妊婦・母子係だ。一般市民のための部署でやってきた私が、総務系に縁があるとは思えない。

　胸のあたりに冷たい感覚が走った。まさか試験で何かやらかしたか。逆にワケありで私だけ総務課送りとか。だったらそもそも採用されないはず。ならどうして……あ。

　これって、もしやアレか、あの仕事じゃない？

　そうだ、絶対そうだ。

　噂に聞いた「例のポスト」じゃないか？


　封筒を放り出して玄関のカギを閉めた。ベージュの軽自動車に乗り込むと、ツキナミ市郊外のアウトレットに向かった。しかし駐車場から外に出る気になれずにそのまま帰ってきた。今年こそ浴衣でも新調しようと意気込んでいたのに。これまでも窓口対応はやったが、特に接客自体大好きってわけではない。デスクワーク向きの人間だと思っている。学生の頃だって、スーパーや飲食店でバイトしようなんて思ったこともない。むしろ避けていたくらいだ。今回だってそうだ。あんな仕事をするために、私は市役所を受けたんじゃない。

まさか内心ちょっと憧れただけの「夢」がかなうなんて――

*

私はいつも変な感じで夢がかなう。コミットするほどでもない、ぼんやり夢想しただけのイメージがかなってしまうのだ。しかもいろんな要素が無作為にコネクトされている。だから何がどうなって思う通りになったかわからないのだ。そんなふうなので、自分にはどこかコントロールできないブラックボックス的な領域があると思ってきた。それでいて流れに身をまかせれば、わりと結果オーライにはなるのだが、つい自分にツッコミたくなる。

「夢の叶い方が、どう考えてもおかしい」

高校に入学したての頃、放課後に友達とよく通っていた駅前のデパートがあった。私たちの目当ては七階のジェラート屋だったのだが、途中の四階エスカレーター脇に置いてあったスーツ姿のマネキンに、どういうわけかずっと惹かれていた。それは、薄黄色のセットアップスーツだった。首には二連のパールネックレスがかけられている。その黄色を見ると、なぜか「希望」という言葉が浮かんだ。「いつかこんな服でフォーマルな場に行ける、そんな人生になったらいいな」と勝手に空想したが、「あの服、いいよね」などと話題にしたこともない。視界から外れたら存在を忘れてしまうほどの些細な空想、通りすがりの雑念だ。

しかし一年後、「こんな服」を着られる時が突如としてやって来た。私は中三から、友達や親に黙って雑誌に小説を投稿し続けていた。高二の冬、こっそり応募していたファンタジー小説が佳作に選ばれたのだ。入選者を集めて東京のホテルで表彰式があるという。ちょっとしたフォーマルな服が、高校生の分際で必要になったのだ。そして私はマネキンから薄黄色のスーツを、パールのネックレスごと脱がすことに成功した。母から前借りしてスーツを買い、もらった賞金をまるごと親に渡した。

こんなこともあった。

東京の短大を卒業して地元ツキナミ市に戻り、老舗和菓子店のデザイン部に就職した。社員数三〇人ほどの中小企業だ。入社当初から、けだるい空気で満たされていた。というのも、東京から引き抜かれてきたマッチョな体格の企画部長が幅をきかせていて、社長以外の誰もが彼にビクビクしていたからだ。やたら原色の配色を好む人だった。私の案はいつも「こんなぼんやりした色使うんじゃねーよ。お前は性格が暗いから色使いも暗いんだ」と突き返された。

「ああもっと、いろんな人の目が入って大きくて正しい、そんな組織にめぐり合わないかなあ。例えば首からＩＤをかっこよく下げているような」

たしか一、二度くらいそう思ったことがあった（と記憶している）。

で、これがまた時間差でかなうのだ。三年後、私は市役所の臨時職に転職していた。ツキナミ市のロゴが入った赤いストラップのＩＤを首から下げ、朝から晩まで証明書を発行する日々。今度の職場はちっとも怒鳴られない。役所の上司はおしなべて柔和、少々クセが強くて理屈っぽい人もいるにはいるが、気にいらないからといって大声でわめき散らす、なんて職員はいない。むしろわめくのは市民の方だった。入庁した当初は「市の職員ってこんなに謝るもんなの？」私が知っていた公務員のイメージとあまりにかけ離れていて驚いた。

私の願望実現はいつも変化球だ。思いもよらない角度からやってくる。実は今回も、心当たりがない――わけではない。

ツキナミ市役所の任期満了まであと数か月を切ったある夜、私は一人暮らしのアパートで、退屈しのぎに海外の高級ホテルを紹介する番組を観ていた。その日は香港のペニンシュラホテルが取り上げられていたのだが、そこで働いていたスリランカ出身の男性コンシェルジュの仕事ぶりに、またたく間に魅了された。礼儀正しくもフレンドリー、時にユーモアを交えて宿泊客の心をつかむ。その万能さ、そしてスマートさ。鮮やかすぎて見惚れた。

彼は番組の中でこうコメントしていた。

「お客さまの願いを完璧にかなえてあげられたら、その時は私の勝ちです」

亜熱帯のレセプションで、優雅にサムアップする笑顔のコンシェルジュ。彼は私のように無作為かつ不安定な夢のかなえ方はしない。私もこんなふうに、如才なく誰かの願いをかなえたりできたら……テーブルに肘をつき、ポテチをつまんで空想した。いやムリだ。ホテルなんてムリ中のムリ。市役所の窓口ですら結構イライラするんだもの。ダメだ、本当にすぐ感化される。私は空想から気をそらした。

思い出した。これだ、きっとこれ。

＊

気が乗らずにのらりくらりと過ごしてしていたら、あっという間に勤務初日を迎えた。そして全てを理解した。私ともう一人の女性で、窓口ワンストップ化計画のさらなるサービス向上を目指し、バンノウ市政はじめての「コンシェルジュ」として勤務するのだということを。「あの噂」は本当だったのだ。

「あの噂」――それは市役所を期間満了で退職し、ツキナミ税務署でアルバイトをしていた頃だ。職場内の雑談で、ある噂が話題に上った。

「バンノウ市役所、新しくなるんだって」

「証明書ワンストップサービスをやるから臨時職員を大量に募集するそうだよ」

「しかもコンシェルジュっていうのを置くんだって」

「とにかく何でも聞いてもいい窓口らしいよ」

税務署の雇用契約満了が近づいてきた私にとって、これは絶好の転職案件だった。ただし当然ながら、前職と同じ証明書窓口に配属される気満々でいたのだが。

私と一緒に働くのは、エンヤマさんという、ひと回りほど年上の女性だった。たぶんアラフィフだろう。ぱっちりした大きな目とふっくらした丸顔。小柄な私より一〇センチくらい背が高い。けれど単にどっしり構えているふうでもなく、不思議な軽さを感じる人だ。

「よろしくお願いします～」

丸みのある大きな声でエンヤマさんが挨拶してきた。

「あ、よろしくお願いします」私はちょっと緊張して応えた。

「マルヤマ公園の円山、って書きますエンヤマです」

一瞬、頭がゴチャッとなったが、しばらくして京都の円山公園のことを言っているのだとわかった。エンヤマさんは歴女だそうだ。


私を含めて同期採用されたのは全員が女性で九人だった。ワンストップ窓口には、私とエンヤマさん以外の七人が配属されるという。初日に全員で摂ったお昼休憩で聞いた話では、七人全員が市役所は未経験だが接客経験者らしい。銀行や旅行会社、医療事務など。彼女らの所属課は「ワンストップ窓口課」。なんてベタな名前。

総務課に配属された私とエンヤマさんの立ち位置も何となく見えてきた。つまり私たちにとっての「総務」とは、本来の総務という意味ではなく、どこにも振り分けようのない人でありながら全ての課に関わる人、というニュアンスらしいのだ。何しろ総務課内でも私たちは謎の存在として映ったようだ。はじめましての次には矢継ぎ早に、

「で、ネコミズさんとエンヤマさんはどこで何をするんですか？」と来る。

「実は私たちもあまり見えてなくて……」

苦笑いした。総務課には私たちの机も一応用意されているが、朝晩と休憩時間以外はコンシェルジュカウンターにいることになる。

地上四階建ての市役所の中二階に、風変りなデザインで突き出ている総務部。その中でも総務課と副市長室・市長室だけがデザイナーズ物件のようにガラス張りになっている。一方で、私たちが働くのは一階の半分近くのスペースを使った「ワンストップ窓口」のさらに前方、正面玄関を入ってすぐのロビーに中州のように存在するコンシェルジュカウンターだ。このあたりはこぎれいではあるが、ごく一般的な市役所窓口といった内装だ。

勤務初日からオープンするまでの一か月、私とエンヤマさんは各部署の業務とその窓口番号を覚えなければならない。まあ何とかなるだろう。私はともかくエンヤマさんはバンノウ市民だし、数年前に一年間、育休代替の臨時職としてこの総務課で働いていたそうで、すでに見知った女性職員とランチに行ったりしている。

問題は、業務に関係なさそうな質問がどれくらい来るかだ。私とエンヤマさんは、一応タブレットをひとつ持たせてくれませんか、不測の事態にはこれで調べますからと、総務部長に願い出た。

入ってみてわかったことだが、採用試験の日に何人かいた面接官の中央に座っていたこの女性こそ、今私たちの目の前にいる総務部長だった。色白で痩せ型の中年女性。今日もそうだが、面接の日も見るからに高級そうな生地のスーツと黒いヒール姿だった。某国立大の女性学長みたいな存在感だ。そしてどうやらこの女性が、バンノウ市のコンシェルジュ業務を最も熱心に推進している人物らしかった。

しかし総務部長は、そんな私たちの申し出を「そこまでしなくていい」とあっさりと断ってきた。かわりに「七夕には浴衣でも着ようか」と、ウキウキした様子で言ってきた。そして「まあくれぐれも笑顔で対応してくださいね。自分を女優だと思って。サービス業は演じるくらいがちょうどいいのよ」と、思ってもみない角度からコメントを返された。

そこまでってどこまで？　エンヤマさんも不思議そうに首をかしげている。そんなことはこちらが勝手に線を引いてどうにかなるわけでもなく、結局は来庁者が決めることじゃないのか。今からこんなにフンワリとしたイメージで走らせて大丈夫なのだろうか。もしも市役所として逸脱した要求だったら本気でどうすればいいか教えてほしいのだが。それとも、私たちと部長では、何か見ている景色が違うのだろうか。もし違うのであれば今のうちにさっさと確認したいところだ。

「どこまでオッケーで、どこまでなら断ってもいいんでしょうか」

「その線引きになる基準があれば今のうちに」

しかし部長は即座に打ち切った。

「そんな後ろ向きなこと言ってないで、とりあえず始まってから考えましょう。キホンは断らない前提で」

そこで私とエンヤマさんは、近隣の飲食店情報やバスの時刻表、タクシー会社の一覧表や新庁舎の施設や設備まで、聞かれそうなことを想定してお手製の仕事レシピを作成しファイリングした。「とかいって、絶対にこれ以上のこと聞かれそうだよね」と笑いながら。そして「こんなことじゃ、行政の完全ＩＴ化なんてほど遠いよね」こっそりと言い合った。

オープン二日前。正面玄関からすぐのど真ん中に、グレーのカウンターが設置されていた。中州のようにぽっかりと作られたカウンタースペースは案外小さくて、エンヤマさんと並んでみたら腕がぶつかりそうになった。

なにを聞かれるかな。

なにを聞かれるんだろうね。

顔を見合わせた。エンヤマさんとは気が合いそうだ。先行きはわからない。しかしこれまで六年も行政職をやったのだ。偶然だが、念願の（?）コンシェルジュにもならせてもらえた。ここまでお膳立てされるとちょっと舞い上がってしまう。妙に熱意が沸いてきた。オールオッケーの窓口なんて、あのスリランカのコンシェルジュみたいじゃないか。きっと面白いことになる。役所の知識だって、さすがに何も知らない一般市民よりは十分あるし、想定される質問には準備してきたつもりだ。

けれど、いざオープンしてみたら、立て続けにこれ。

「コンシェルジュって何?」
「あんた誰?」
「なにするの?」
「一日中そこにいるつもり?」
「ねえヒマじゃない?」

ひっきりなしに「心配」される始末。もちろん、慣れない市庁舎に右往左往しながら用事を済ます人たちのために、窓口番号と場所をせっせと案内した。物珍しげに子供を抱っこして、住宅展示場さながらにそぞろ歩いている「ただ見に来てみただけ」の大家族もいる。そういう人たちの質問はだいたいこれだ。「トイレどこ?」

私たちの作った資料なんて、気づけばほとんど使っていない。

日を追うごとに、一般市民の思う「何を聴いてもいい」の全貌が徐々に現れてきた。

ジャージ姿の若い男性がやって来た。

「バンノウ海水浴場のテトラポットの距離って、何メートル間隔?」

「え。少々お待ちください（海水浴場担当は……）エンヤマさん、どこだっけ?」

「えっと、海だから「地域観光課」じゃない?」エンヤマさんが横で資料をめくりながら援護する。

「ああ（そうだった）……では三階「地域観光課」でお尋ねください」

「ありがとうございます。ちょっと遠泳の練習しようかと思って」

お兄ちゃんはあっけらかんとそう言って、エレベーターの方に歩いて行った。

「遠泳だって……危なくない?　何かあったらイヤねえ」

同じくらいの息子がいるエンヤマさんが心配そうに後ろ姿を見送っている。


次は小柄のおばちゃんだ。なぜかまたしてもジャージ姿だ。

「ねえねえ、市のゴミ袋ってどんどん薄くなってきてると思わない?」

「そ、そうですかね……（やばい、バンノウ市民じゃないいんだよなあ）」濁して言うと、

「何かあるのかしらね」興味津々で突っ込んできた。

「では、その件ですと一三番の窓口がゴミ袋を担当しておりますので、そこでお問い合わせいただければ」

私が窓口を指し示すと、おばちゃんは目の前で手をひらひらさせて笑った。

「別にいいんだけどさ。聞いただけよ。今日は四階ホールに用があるの、糖尿病教室」

いいんかい。

「落語の立て看板あるじゃん、どっか貸してくれる部署ないかな」

「朝起きたらウチの車に白い粉がうっすら付着してたんだけど、何なの？」

「我が家のルーツが知りたい。よくテレビでやってるやつ」

みんなこぞって「楽しげに」聞いてくるではないか。

「何を聞いてもいい」を見くびっていた。総務課が用意したマニュアルや詰め込んできた知識だけでは到底通用しない世界だ。しかもこっちはなにげに初心者なのだ。

「それは、ちょっと……」

ダメダメ、言ってはいけない。しかし言い淀むそのたびに、相手の表情が微妙にがっかりするのが見て取れてつらい。これ、リサイクルショップにブランド品を売りに行って買い取り額が想像以上に安かった時にする顔だよ。

こういう場面が一日中続くお仕事。質問がいちいち斬新すぎて心臓に悪い。そして焦るたびに「前任者といえる職員が誰も存在しない」ということが私を途方に暮れさせる。もし私一人だったらお手上げだ。やたら変な汗をかく。毎日が抜き打ちテストだ。エンヤマさんも四苦八苦していた。時には、いきなりなぞなぞを投げかけてくるお兄さんまで来る。

「市役所で、AからCじゃなくて、AからBとCなもの、なーんだ」

知るかよ……


って顔を、思い切りしてしまった。

知らない以前に、市役所職員としてどう対応するのが正解なのかわからない。本気で何か答えたら答えたで、それもちょっと怖い気もする。迷った結果「さあ……」とひきつった笑い方で、ともかく沈黙することにした。お兄さんは、答えられない私を見て得意げに喜び、小躍りしながら去っていった。そして私はいまだにこの答えを知らない。

こういうのが悔しいのだ。気になる。すごく気になる。自覚がなかっただけで、本当はすごく負けず嫌いなのかもしれない。こうして地団駄踏んでいる時点でそうだ。これまでマイペースな方だと思っていたが、この職場に来てから、私の新たなる一面が生まれようとしている。それとも抑圧していた勝気か。どっちにしても、いつまでもなぞなぞに首をかしげている時間はない。悔しさを振り切り、無理矢理にでも気持ちを切り替えて、私は声を張り上げる。

「二列でお並びください！」

「お待たせいたしました、次にお待ちの方どうぞ！」

たしかにペニンシュラのコンシェルジュはかっこよかった。不覚にも憧れた。でもそのものズバリになりたいって願ったわけではなかった。市役所なんて全然優雅じゃない。しかも何だかうまく答えられない。スッキリしない。どことなく消化不良な感じ。

最初の一か月で、私はすでに疲労困憊していた。そして勤務初日、私たち同期九人のために部長がした手短な挨拶が、今さらながら心に刺さって来るのだった。「市役所は、究極的にはサービス業です。まずはそこを理解してくださいね」

「今後、ご挨拶は「**いらっしゃいませ**」、来庁者は「**お客さま**」と呼ぶように」

第二話　二〇一四年・晩秋

「属性――断絶した世界の、はざまの私」

「あの家の親父さんお役所だよな。年功序列だから何もしなくても上に行けるんだろう」

「友達の息子さん市役所受かったって。いいわねぇ安定していて。しかもラクそう」

私は会社員の親から、こういう言葉をよく聞かされた。

田舎の人間というものは、進学した学校にはそれほど頓着しないわりに、職場に関しては誰がどこに勤めていているかを異常に気にする。教育よりカネってことなのだろうか。法事に行けば、必ずと言っていいほど勤め先が重要なトピックになる。「甥っ子はどこそこに就職して、姪っ子はあそこ、その連れあいはナントカで……」私の叔父などは集まるたびに一族の勤め先を総ざらい復唱する。いったい何の確認なのだろうか。

その中でも、市役所という地方公務員は、まあまあのエリート扱いされる。同時にほとんどの人にとって憎むべき属性のひとつだ。それどころか、普通の人間だとすら思われていないフシもある。だからかなりの高頻度で身も蓋もない投書が市役所に届く。

「昼休みにカップ麺を食べてる職員がいたが、いかがなものか」

「飲んでるペットボトルの商品ラベル、見えてていいんですか？」

「女性職員のイヤリングが長すぎる」

「袖からフリルが見えてるぞ」

「髪の毛巻いてるヒマがあるなら仕事しろ、さもなくば切れ」

「お前ら誰の金で生きていられるんだ、もっと申し訳なさそうにしろ」


毎日業務を終えると、私たちはコンシェルジュカウンター横の壁ぎわに置いてあるポストをのぞく。そして投書を取り出して総務課に持ち帰る。投書は全課分、まずは総務課内で回覧されることになっている。指摘のあったご意見には素直に耳を傾け、カイゼンに努めるべし。それが総務部長のポリシーだ。


私たちに対しても容赦ない。

「総合受付の人たち、性格キツそうです」

「拝見した限りでは期待外れの人選でした」

「受付って、普通は二〇代でしょ」

「家のリフォーム補助金の手続きについて聞いたけど、よくわからなそうだった」

こんなご意見・ご感想が、まるでヤフコメのようにやって来る。ネットなど、間違っても怖くて検索できない。リアルコメントでたくさんだ。

上司たちからは特に注意もない。今のところ静観されているといったところか。例の総務部長と、彼女に常にひっついている仲良しの総務課長と課長補佐。それにちょっとつかみどころのない直属の係長。しかし総務課は中二階だ。コンシェルジュカウンターは一階玄関。自分たちも忙しいのだろう。オープン以来、誰も様子を見に来ない。だから本当のところ、何が起きているのかは誰も把握できていないのだ。

しかしこの投書を回覧する行為、何とかならないものか。

見ず知らずの人から勝手にイメージで語られるのはキツい。けれどそれ以上にキツいのは、出会ったばかりの課内の人たちに知らない人からネガティブキャンペーンをされることなのだ。ネコミズさんってもしかしたら本当にそんな人なの？　私への投書を読んだ周囲の人たちが、まるごと信じ込んでしまうかもしれない。

そこはエンヤマさんも同じだった。投書をポストから出して「これ私たちのことだよね」と言いながら総務課の担当に渡し、それが回覧され、当然ながら自分のところにもまわってきて、もう一度それを読み、ハンコを押して次の人に回す。朝イチでそれがあると、カイゼンどころか一日のモチベーションがダダ下がりだ。

はっきり言って、さっきのご意見の中で本当の苦情といえるのは、四番目の「家のリフォーム補助金の手続きのことを聞いたけどよくわからなかった」だけだ。これは完全にこちらの不勉強だ。

一日も早く何を聞かれてもいい状態になりたかった。自分のためにも。そしてもちろん、お客さまのためにも。

＊

コンシェルジュになる五年以上前のこと、私ははじめて「市役所の中の人」になった。

一時的に繁忙する市役所窓口だが、そういう時期には決まって臨時職員の募集が出る。その時はいつもより集まりが悪かったらしい。私の住んでいるツキナミ市のハローワークでは、雇用契約五年のフルタイム臨時職の求人が出ていた。

和菓子メーカーのデザイン室を辞めて次は何をしようかと迷っていた私に、ハローワークの窓口職員が「事務職ご希望なんですよね。じゃあこれはどうですか。急募なんですよ、行ってやってくださいよ」と、まるで学生アルバイトみたいなノリで勧めてきた。ツキナミ市役所市民課、住民票や印鑑証明を発行する窓口だ。何となく承諾して応募が決まると、先方は面接の日時を「今日の五時」と設定してきた。ハローワークから慌てて帰宅し履歴書を整えた。そして夕方のツキナミ市役所一階ホールで、私はひとり静かにあせっていた。

その日は金曜日だった。週末夕方の市役所本庁舎がこんなに混雑するなんて知らなかった。人波が四方八方にいり乱れている。やっとのことでエレベーターを見つけて乗り込んだ。七階のボタンを押し、速攻で「閉」を押す。ほっとした。やっと一人になれた。

そういえば、市役所という場所はほとんど興味がなかった。何をする場所なのか想像できないほど、私の人生でノーマークな場所だった。もちろん公務員試験を受けようなんて思ったこともない。むしろちょっとしたトラウマになっているほどだ。

中学二年の時、仕事で忙しい親のかわりに、一度だけ住民票を取りに近所の支所に行ったことがあった。自分がなぜ事前に住所や名前を書かされているのかもわからない。その書類と引き換えに、もっと意味不明なことがつらつらと書いてある書類を渡され「二〇〇円です」と言われる。え、お金取るの？　私は財布を持って来ていなかった。自転車でふらっと来ただけだったのだ。まごまごしていると、同じクラスの男子のお母さんが職員で、私を見つけて声をかけてきた。

「あらネコミズさん。お金忘れたの？　五時までやってるから取りに行ってきてね」

顔を熱くして頷いた憶えがある。こんな私が、どうして市役所を受けるのだろう。自分でもさっぱりわからない。もうノリとしか言いようがない。


エレベーターは上昇し、七階で「ピン」と鳴った。最上階だ。視界いっぱいに赤絨毯が広がっている。そのつきあたりに宴会場……ではなく大会議室と書いた扉があった。ハローワークで受けた電話では、ここが面接会場に指定されている。あの中に入ればいいのだろうが、劇場にあるような重厚な扉だ。どうやってノックすればいいんだろう。気後れして通路を歩いていると「秘書課」と書いてある部屋が見えた。半開きになっているドアから黙々とパソコンに向かう職員たちの横顔が見える。「ここに望んで入った人々」の、あまりにも真っ当そうないで立ちに、またもや心臓が高鳴った。やはり場違いかもしれない。

大会議室の扉の前から人影が現れた。書類を持った細身の男性だった。彼は私を確認すると、にこやかな顔で「ネコミズさんですか。人事課のマキノといいます」そう言って、両手で胸元のＩＤを持ち上げて見せた。

「よろしくお願いします」小さくお辞儀をすると、

「こちらこそ急ですいません。ちょっとこの……大会議室のカギ、開けますね」

彼はズボンのポケットから土蔵用かと思うほどの古風なカギを取り出して扉に差し込み大袈裟に回した。大きな金属音とともに開錠されると、肩全体を使って扉を押し開けた。

古い市役所特有の威圧感漂う会議室。足を踏み入れた瞬間、静寂がツンと耳に来た。予想以上に広くて何もない空間だった。ゆうに三百人以上は収容できるだろう。絨毯の柄がうねうねと続いている。すぐ手前の隅には会議用の机がひとつ、向かい合わせにイスが一脚ずつ置いてあった。「ではここで……」マキノさんが手のひらで机を示した。

こうして私たちは、大会議室五〇分の一以下のスペースを使って面接を開始した。

ほかにあいてる部屋なかったのかよ……

途中、気が散った私に気づいたのか、マキノさんは話を中断してほほ笑んだ。

「すいません、今日はここしか空いてなくて」

バレてる。さすが人事課だ。物腰は柔らかで人当たりも良さそう。しかし声が異常に小さい。大広間に二人だから何とか聞き取れるが、ざわつく場所なら致命的だろう。完全に「大丈夫か？」というレベルだ。これだと市民課は難しそうだ。異動があっても、こうしていずれ畑が決まっていくものなのだろうか。

それからすぐに、私は「中のひと」になった。

最初は妙な感じだった。トイレに行くたびに鏡に顔を近づけて、何で私はここにいるんだっけ、と問いかけた。そして首から下がっているＩＤを見て「そうだった。夢がかなったんだ」と納得し、そしてまたいそいそと持ち場に帰った。

ほんの数日前までカウンターの外を右往左往する人だった。これは努力の結果ではなく念願の場所でもない。だからこそ絶対にこの違和感を忘れないようにしたい。何もわからずあっちにこっちにと動かされる不安。これが普通の市民の当たり前の気持ちだ。

しかし数か月も経つと、初心など見事にしぼんでいく。怒鳴る、話を聞かない、逆に話が長すぎる、そういう場面を重ねていくうちに、ちっとも偉くない非正規の私ですら外にいた頃の心境を忘れていく。カウンターの向こう側に現実味を感じられなくなっていく。カウンターの外の人たちが、いつのまにか「私たちとは違う人」「だらしない人」「何にもわからない人」「面倒臭い人」に思えてくるのだ。試験を受けてやって来た新人職員もそうだ。こんな雰囲気にマリネのように浸かっていると、ものの数か月で市民に対して上から目線になっていく。まるで「最初からそうなりたくて入った」かのように。

外側の人だった頃の気持ちを完全には忘れたわけではない。思い出そうと思えば掘り起こせる。「複雑・横柄・理屈っぽい」この三点セット。だから役人は税金泥棒だ。私もそうだった。そして間違ってもカップ麺など食わない生き物だと思っている、でしょ？

お互いがお互いを「仮想敵」に仕立て上げて敵対しあう。境界線は窓口に設置されたカウンター。そしてなるべく「戦い」を避けるべく、安く雇った傭兵を配備する。傭兵——非正規の臨時職員。私のことだ。

＊

バンノウ市のコンシェルジュになって三か月になる頃、ある混みあう月曜日だった。

「ねえ、あんたたち」

用事を済ませた中高年の男性が笑顔で声をかけてきた。上背があり、腹はでっぷりとしたビール腹。某海外パンクアーティストのTシャツにジーンズ姿だ。今日は休日か、それともリタイヤ組なのか。手には交付されたばかりの証明書があった。これから帰るところらしい。「ありがとうございま……」頭を下げかけたその時だ、私は言葉を遮られた。

「ボーナスの時期だねえ！」

おじさんは意味ありげに笑った。

一瞬、何が言いたいのかわからなかった。キョトンとしていると、彼の目が見る見る険悪になった。そしてカウンターに肘を乗せ、身を乗り出して声をひそめた。

「ね、いくらもらうの？」

その言い方は、まるで「お前らはこれから裏金をもらうんだろう？」と言いたげだった。私はおじさんの目が「マジ」なことに恐怖を覚えた。

私たちは金縛りにあったみたいに固まった。おじさんは自白を待つようにして至近距離で見つめて来る。私たちは私たちで、危うさで目をそらせずにいた。突然つかみかかられたらどうしよう。私たちは身構えた。しばらくすると、おじさんはぷいっと踵を返し早足で去って行った。

私は息を吐いた。呼吸を忘れて息を止めていたらしい。身体をこわばらせていたので、背中から腕までが緊張してわなわなと震えていた。私は小刻みに震える右手を左手で抑えた。去っていくおじさんの背中に、私とエンヤマさんはやっとのことで呟いた。

「……ないよね、ボーナスなんてさ」

その後もなぜかボーナスおじさんはわらわらと沸き出てきた。もらっていない私たちからすれば、その時期すらわからないのに。

「ボーナスあっていいねえ！」

「いっぱいもらうんでショ？」

「へー、そこに座ってるだけでボーナス出るんだあ」

私たちは無言で小さく会釈するに留めることにした。そういうことを言う人たちは、言い終わると決まってすぐに立ち去るからだ。

でもまさか。まさかあのおじさんたちは本当に知らないのだろうか。それとも知っていて言っているのだろうか。私たちは中でも外でもないその中間に存在する傭兵、つまり社会の半端者だということを。どうせ五年後は、私たちだって外に出される。今日「いいねえ」とか何とか言ったあなたと同じところに、どうせ戻るんだよ？


「私は役所キライだから。働くのもムリ」

幼馴染みの友達は、私がツキナミ市に臨時職員として働き始めた時、そう私に言った。その言い方にはわずかな敵対心が含まれていた。私は言い返さなかった。別に人格者だからじゃない。何というか、そんな小娘レベルでマウントを取り合っても、たいして意味がないと思ったからだ。しょせん地方の私たちの世代など、誰も似たような生活レベルなのだ。しかし、だ。だからといってわざわざピンポンダッシュ的なことをするおじさんには、いつまでも黙っていられるようなタイプではない。


ある日、またしても別のおじさんが上等の笑顔を貼りつけてやって来た。

「いいねえ、職員は！」

ほーら始まった。

「もうすぐボーナス……」

だから私とエンヤマさんは、笑顔でこう言うことにしたのだ。

「いえ私たち、正職員じゃないんですよ～」

一瞬止まるボーナスおじさん。私たちはなるべく無邪気に笑い返す。

「私たち非正規なので、ボーナスなんて一円も無いんですよ～」

「そうなの？」

おじさんは目と口を小さくすぼめた。

「アルバイトみたいなもんですよ～」

まさか。いや、やはりというべきか。

予想外だったようだ。

おじさんの顔が、ボーリング玉に開いている三つの点みたいになっている。

「あっそう」

つまらなそうに、背中を丸めて正面玄関を出て行った。

女二人に言い返されて悔しいでもない。かといって憐れんでいるわけでもない。確実に戦意喪失した、萎えた、という顔だった。エンヤマさんが、

「ああ気持ち悪い」

と言って身震いした。

第三話　二〇一五年・早春

「おもてなしの心――いらっしゃいませは万能なのか」

市役所がオープンして半年が経った。

年度末の市役所はいつも以上に騒然としている。正面玄関の真向かいに、川の中州よろしく設置されたコンシェルジュカウンターに一斉にやってくる顔、顔、顔。この席から見ると人並みは激流同然だ。足をすくわれないようにやっと立っている感じ。半日も続けていると完全に人酔いする。ピーク時には五人ほど行列になる。今はほとんどが転出・転入・住所変更だ。

そんな中でも、戸籍の窓口だけは（六月という繁忙期はあるが）比較的コンスタントに人がやってくる窓口だ。

「いらっしゃいませ。どのようなご用事ですか」

「子供が生まれたんだけど」

「おめでとうございます。一五番の戸籍窓口でございます」

「うふ……結婚します」

「おめでとうございます。一五番の戸籍窓口でございます」


「離婚届の用紙って……」

「はい、一五番の戸籍窓口でございます」


「子供を私の戸籍にするのはどこ？」

「入籍ですね。一五番の戸籍窓口でございます」


「離婚してまた親の戸籍に入ったけど、やっぱ戸籍分けるわ」

「分籍ですね。では一五番の戸籍窓口でございます」


「ゆうべ親とケンカした！　もう縁を切りたいけどどうすればいいの」

憤慨した態度の高校生も来る。制服からしてバンノウ市の「私立コガネモチ高校」だ。

「縁を切りたいと……」

「戸籍分けるとかさあ、何かあるでしょ」

「親子ゲンカで、ですか」

「そうだよ！　何か問題でも？」

「いえ……では一五番です。窓口脇で整理券をお取りください」

人生の一大事が訪れた時、ひとは戸籍の窓口へ向かう。

いい時もそうでない時も、人生はここに始まりここで終わる。

戸籍の対応にも独特のやり方があることを学んだ。

「いらっしゃいませ」

「先日、義父が亡くなりまして。死亡届は」

エンヤマさんがすかさず尋ねる。「ご葬儀は終わられましたか？」

「葬儀ですか？　おかげ様で一昨日終わりましたが」

「でしたら、こちらのプリントをお持ちください。一六番窓口からでございます」

葬儀が終わっているということは、死亡届はすでに出されているのだ。なぜなら、死亡届が出なければ埋葬・火葬の許可が下りないから。おそらく他の身内か、あるいは葬儀屋が時間外受付にでも提出したのだろう。

本来、戸籍窓口は一五番窓口だ。総務課が作ったマニュアルにも「死亡届＝戸籍係・一五番」と書いてある。しかしここで一五番に案内するのは、この場合ベストではない。オープンしてすぐの頃（総務課にお伺いを立てるのを飛び越して）なぜ一五番に案内したらいけないかを戸籍係の課長が直々にやって来て教えてくれた。

今日訪れたこのお客さまは、死亡にともなうその後の手続きをしに来たのだ。だから戸籍の窓口には、今日のところ用事はない。逆にもし案内してしまうと時間のロスが出る。

だから申し訳ないけれど、お客さまにはひとことそう聞いてみる。すると十中八九すでに葬儀を終えている。中には「質問に質問で返すな」とか「お前らは俺の質問におとなしく答えればいいのだ」とわめき散らす人もいるが、たいていは答えてくれる。

こういうところが、総務課から与えられたマニュアルには載っていないのだ。私たちに本当に必要なのは浴衣姿ではなく、それぞれの課が、まさにライブで行っている業務の流れやレスポンスなのだ。

今となっては「浴衣で案内してみたら」なんて言葉はどこかに消え失せた。こんな鬼気迫る場所で浴衣なんて着たら、一斉に叩かれること間違いなしだ。

オープン直前、総務部長をはじめとする「市役所サービス向上委員会（そんな一派があったかどうかは知らないが）」は、コンシェルジュにいったい何を求めていたのだろうか。そういえば、地域で毎日流れているパチンコ屋のCMで、浴衣姿の受付嬢がお腹の下で行儀よく手を重ね、優雅に一礼しながらお客さまを迎えるというのがある。まさかリアル市役所でアレをやろうと思ったわけじゃないよね？　エンヤマさんと言い合った。

こんな疑念も沸いた。偉い人たちにとってコンシェルジュ、つまり窓口対応とは、単なるお飾りでやれると思っている仕事らしいこと。求人情報誌にある「誰にでもできる簡単なお仕事です」ずいぶんと気楽な仕事だと思われているらしい。やる側とやらせる側では、天と地ほど見えている世界が違うみたいだ。

「ネコミズさん、どうかな。もういい加減に慣れた？」

あるお昼どきのことだ。総務部長がひょっこり視察にやって来た。

最近よく気まぐれにやって来る。今日も総務課の課長と課長補佐、いつものメンバーを左右後方に従えていた。彼らはカウンターの脇に立って親しげに私を取り囲んだ。エンヤマさんはお昼休みだ。

慣れるかこんな場所、と言いたかったが「はい、何とか」と答えた。

大丈夫って言うしかない。半年も経ったというのに、常に気が張って気が休まらない。でも彼らはそんな答えを求めているのではないのだ。

そのあいだにもお客さまは流れて来る。一日一〇〇人は対応するので、単純計算しても数分に一回は話しかけられる。

「お話し中のところ、ちょっといいですかね」

男性が私たちの会話を割って入って来た。三〇代くらい。紺色のスーツに、重そうなビジネスバッグを持っている。仕事を抜けて寄ったのだろう、早口で言ってきた雰囲気から察するに急いでいるようだ。

「いらっしゃいませ」私はその男性に向き直った。

「新車を買うんですけど印鑑証明はどこですか」

「証明書ワンストップ窓口でございます。記載台で申請書を記入されましたら、整理券を取ってお待ちください」

「あそこ？」私の背中越しを指す。

「そうです」

男性は足早に向かって言った。

「あ！　自分もいいですか」

ここぞとばかりに長い髪の女性が話しかけて来た。

「いらっしゃいませ」私は会釈した。

「離婚したんで、ひとり親の手続きって」

「では一階の一一四番窓口です」

「書類の書き方とか、教えてもらえますか」

「大丈夫ですよ」


ちょっと気になることがある。それは、お客さまとのやり取りがありながらも、総務部長はじめとするお三人様が、ちっともその場を動かないことだ。視線をフロアにやると、私に話しかけるタイミングをはかっているらしい人が一人……二人はいる。完全にジャマになっている。私は視線で何とか三人を脇にどかせないか頑張ってみたが、まったく効果なしだった。見習いたいほどの鈍感力だ。

解せないことがもうひとつ。この「いらっしゃいませ」という挨拶だ。先ほどもこの三人は、私にかぶせるようにして上機嫌に「いらっしゃいませ～」と口にしていたが、ちょっと考えてみてほしい。いらっしゃいませなんて言葉を最低限言っていいのは、新車を買う最初の男性だけだろうが。いらっしゃいませ――市役所でこの言葉を言う時、私はちょっとザワザワしてしまう。

オープン前に受けたマナー研修では、美しい「いらっしゃいませのポーズ」をさんざん練習した。講師は百貨店の元美容部員だ。市役所側としては、おもてなしの心をいらっしゃいませという言葉に乗せてお届けしようとノリ気なのだろう。時代はホスピタリティだ、サービスだ、講師はそう高らかに言っていた。市民と言ってもお客さま、お客さまは神様だと。

「じゃ、頑張ってね」

三人は勝手なタイミングで総務課に帰って行った。観光客のような、まるで脱力しきった足取りだった。

仕事の帰りにコンビニに寄った。店に入るとまず馴染みのあるチャイムが鳴り「いらっしゃいませ」と店員の声がする。何でもこれは必要な声掛けらしい。表向きは歓迎の意味だが、本当のところは客に対して「あなたを認識している」という意味なのだとか。

レジ横でフライドポテトを買った。食べながら運転し、ツキナミ市の図書館に向かう。予約した本が用意できたという通知メールを受け取ったまま一週間が経とうとしている。この仕事を始めてから趣味を楽しむ心の余裕がすっかり失われかけている。けれど予約した以上、今日行かなければ次の人にまわされてしまう。

最近ツキナミ市は図書館を民営化した。作業服がエプロンからベストに変わって、職員の顔ぶれも少し変わった。そして「いらっしゃいませ」と声をかけるようになった。

今日行ってみたら「こんにちは」に戻っていた。そういえば、短かった「いらっしゃいませ」時代は、どことなく言い方がモゴモゴしていたっけ。

「いらっしゃ……あ、こちらの本ですね」「ぃませ、次の方どうぞ」

明らかにそぐわない、言いたくないという心情が現れ出ていた。

「こんにちは」

カウンターの司書が声をかけた。

「こんにちは」私はカードを預け、本を受け取った。

司書の名札を見ると、彼女も臨時職員だった。

そういえば、いらっしゃいませに返す言葉って何だ?

バンノウ市役所、朝八時三〇分。

「おはようございます」

「あ……おはようございます」

「おはようございます」

「はよっす」

「おはようございます」

「あざます！」

「おはようございます」

「⁉（今の私に言ったの？）」

キョロキョロまわりを見渡して（やっぱ私しかいない……でもいいや）という反応の人もいる。

まあもちろん無理にとは言わないし、そこを強要するものでもない。ただ、それがきっかけで案内が始まることもあるから。

午前一〇時から「こんにちは」に切り替える。

「こんにちは」

「ああ、こんにちは」

「こんにちは」

「どうも」

「こんにちは」

「こん……あ、ちょっといいですか？」

「はい、どうぞ」

そう、こんなふうに。

＊

シャラ……シャラ……遠くから一定のリズムで高い鈴の音が聞こえてくる。何だろうと周囲を見回した。もうすぐ午後五時だ。この日は早めに人が落ち着いて、広い玄関ロビーには私の他に誰もいなかった。エンヤマさんは頭痛でお休みしている。

玄関のガラス越しに、すらっとした女性が見えた。鈴の音がそれに合わせて大きくなる。スリムのジーンズにカラフルな台所用エプロンをつけたまま、大きな鈴をいくつもぶら下げた車のキーを手にこっちに向かって来る女性。長い黒髪をひとつ結びにして遠目には若そうに見えたが、近づくにつれて、かなり若く見える還暦あたりの年齢なのかもしれないと思えてきた。

ストレートに私を目がけてやって来た。しかし視線は私の向こうの窓口へ泳がせている。急いでいるらしい。

「死亡届を出しにきたんだけど。～の」

テキパキした外見の通りでかなり早口だった。

「死亡届ですね。もうご葬儀は終わられたのでしょうか」

女性は窓口にやっていた視線を私の顔に向けた。

「ご葬儀って?」

「はい、ご葬儀はもう……」

何だか空気がおかしい。何かマズいことを言っただろうか。不安がよぎったが、「でも死亡届だし」

そのまま押し切ることにした。

「お葬式は、済まされましたか」

さらに、やや声を張って言った。

「いや、まったく」

あまりにもさらっと答えた。無宗教の家族葬か。最近はそんなケースも増えた。

「そうでしたか」私は言った。そして葬儀後の手続きのプリントを渡そうとした。

女性は怪訝そうな顔で言った。

「葬式なんかしてないし」

「と、いいますと」

「私が庭に埋めたし」

「う、埋めた？」

女性は真顔で頷く。「うん、埋めたよ」

私は狼狽えた。

「……イヌだよ？」

「え」

「犬の死亡届だってば」

「犬……ですよね！　ワンちゃんですよね！」

最初から知っていたかのように繰り返したが、早口すぎて一番大事なところを聞き逃した。犬ならいいが人間なら事件である。

「さっき、そう言わなかったっけ」

私は慌てて、「すいません、では一三番窓口です」手のひらで示した。

少し落ち着いて、私は窓口を振り仰いだ。背後に広がる窓口空間のひとつに、さっきの女性の背中が見える。職員と話しているのだろうか。書類を記入しているのだろうか。細い背中と腰までのストレートなひとつ結びが時おり動く。さばさばした人に見えたけど、それでもペットのワンちゃんが死んじゃったなんて、相当なショックに違いない。さっきは失礼な対応ではなかったか。

女性が席を立った。椅子を直してこちらに向かって来る。私は盗み見をやめて正面に向き直った。

「ありがとね」

女性は早足で言いながら帰っていった。

「とんでもございません」

深いお辞儀をした。なるべく自然に送り出したかったが、座ったままにしては心がこもりすぎていたかもしれない。お悔み申し上げます。

顔を上げると玄関ガラスから赤い空が見えた。何かに反射しているのか夕日が線になって揺れ、私の目をちらちらと刺している。

病める時も

健やかなる時も

富める時も
貧しき時も

市役所は、人生の見えない部分を静かに受け止めるところだ。

地域おこしやイベントで「いらっしゃいませ」と言う時もあるが、どう考えても「いらっしゃりたくない」時もある。そしてここは、後者である可能性がとても高い。だから決めた。もう「いらっしゃいませ」とは声をかけない。

第四話　二〇一五年・初冬
「おじさんの襲来――満天の星の下で」

真新しい市役所の正面玄関。主な証明書がひとつの窓口で済んでしまうワンストップ窓口のそのまた手前。玄関ホールにぽっかり浮かぶ中州のようなカウンター、ここが私の仕事場だ。流れの中にちょっとした障害物のように存在する私を、人混みが左右に分かれ抜けてゆく。その中の何割かが流れから外れ、案内を求めて私のカウンターに立ち寄る。

冬のはじめ、雨の月曜の朝のことだ。私は震えながら席についた。エンヤマさんはここ最近、頻繁に体調を崩している。胸がざわついた。まもなく開庁の八時半になるが、エンヤマさんはやって来ない。

「今日エンヤマさんお休みです。一人で大変だと思うけど、よろしくお願いします」

係長から内線電話がかかってきた。愛想はないけれど裏もなさそう、飄々としたこの直属の上司は、どこか憎めない。だからつい「はい、大丈夫です」なんて気丈に応答してしまうけれど、全然大丈夫じゃないのだ。

　私も謎の症状に見舞われていた。寒い道を歩いていると、不意に右手の薬指と小指だけが痺れ始め、氷のように冷たくなってしまうのだ。冷えや血行不良のレベルじゃない、肌が黄色いゴムのような質感になる。この色は祖母の葬儀で憶えがある。完全に「死んでいる人の肌」だ。ネットで調べたら、レイノー現象という症状らしい。しばらくすると元に戻るが、見た目があまりにも不気味なので、近所の内科に駆け込んだ。医師は膠原病を疑ってすぐさま採血してくれたが、とりたてて異常はなかった。そして「何かストレスでも、たまってるんじゃありませんかね」原因不明の病の最果ての地名「自律神経失調症」と遠回しに診断された。緊張を解く効能があるらしい漢方を出されたが、どうせ辞めなきゃ治らないんだと、しだいに飲まなくなった。


「謄本か抄本か、どっちを取ればいいかわからないんですが」

「住民票に有効期限ってありますっけ」

「こないだコルセット作ったんだよねー（これは高額療養費の手続きのテンプレ文だ）」

「これの申請は」と、書類をじかに見せてくるお客さまも多い。あれやこれやと説明してくれるより書類を一枚見せてくれた方が手っ取り早い。

「これお願いします」

　払込書を見せられるとナンバーが書いてある。普通自動車だ。

「これは県の税金なので、市では払えません」

「市と県って同じじゃないの？　ワンストップなのに？」

「いやそれは……納期限までならコンビニでも支払えますが」

「じゃあコンビニで払うよ」


細身のスーツを着こなしているツーブロック頭のお兄さんがやって来た。

「ナヨリっていうのかな、そんな感じのはやってます？」

「ナヨリ……名寄帳（なよせちょう）のことですか？」

「へえ、そう読むんだあ。知らなかった」

「では二階の税務課、二一二番窓口でございます」

「わかりましたあ」ニコっと笑う。

つられ笑いしてしまった。人たらしだ。


そろそろわかってきた。窓口に大勢が押し寄せる時は、単に忙しいだけでそれほど疲れないし精神的ダメージもない。ピーク時は列になる時もあるが、そういう時はお客さまの方から後ろを気にして早めに切り上げようとしてくれる。長居したり嫌味を言いに来るような人はいない。つまり治安がいい。

注意しなければいけないのは、場が落ち着きかけた時間帯だ。それは外国で夜間に一人歩きするようなシチュエーションに似ている。駅前では人の目があるから安心だが、郊外にさしかかるにつれて物騒になる。

　ここにもそんなダークな時間帯がある。だいたい夕方五時半の閉庁まで一時間を切ったあたりだ。ダークな人はあまり用事があるようには見えない。あっちにこっちにとブラブラしていて、用事を済ませたらせわしなく帰って行くお客さまとは明らかに違う導線をたどっている。壁の展示物を見たり、窓口前の椅子に座って周りを見渡したり。そしていざロビーに人が少なくなった頃を見はからって、ゆっくりと笑顔で近づいて来るのだ。


「ちょっと聞くけどね、市民のマークってあるよね」

　こういうヒソヒソ声は要注意……私は警戒し、身を固くした。

「あれって何を表してるの？」

　私は平静を装って、努めて穏やかに返答した。

「夕日に海です。マークの色は、市の花の色から採ったものですね」

「ふうん。ま、別にどうでもいいけど」

　おじさんは不満げな顔でそそくさと去っていった。

　やっぱり。私が答えられたのが面白くなかったらしい。というのも、ほんの一か月くらい前に似たようなシチュエーションがあって、その時にボコボコにされたからだ。その後にちゃんと調べた。だからこの件はすでに「解決済み」なのだ。わーい、やーい。

＊

あの日もこんなふうにぽっと人波が途切れた時間帯だった。エンヤマさんがいなくて、私だけカウンターにぽつんと座っていた。そこへ四角い眼鏡のおじさんがニコニコしながら近づいてきたのだ。ぱっと見インテリ、知識人ふうだ。

「あんたが、こんしゃるじぇ、かね？」

「コンシェル……はいそうです」

「何でも答えられるんだって？」

挑戦的な口調だった。私は口ごもった。

私の態度を見たおじさんは「意外そうな顔」を作り、

「おかしいな。だって何でも答えられる窓口ができたって新聞で読んだけど」と言った。

そういえば一昨日の朝刊で、市役所コンシェルジュの万能性について課長が語っていた。私も回覧でその記事を読んでいる。不思議なことに、こういう時は必ずといってほど総務部長は表に出ない。

「それは……」

あくまで基本姿勢・努力目標であって……わかってないのかしら。

するとおじさんは、私の方にグッと顔を突き出してきた。

「だってそういう触れ込みでしょ」

そして意味不明なものを見るかのように、眉をひそめて言った。

「それともナニ？　またウソだっていうの？」

私は黙り込んだ。

「そうやってあんた方は、また市民をだますの？」


あ。このおじさんダメかも。


「何でも」――そんなもんは神様でもない限り無理だ。仮にこちらが回答率九九．九九九九％でも「何でも」には決してならない。「何でも」というのは百パーセントに達してはじめて言える。このおじさんはそれを知って質問してきているのだ。だからもし私がここで「はい→答えられる」と言ったら私はウソつきになる。しかし「いいえ→答えられません」と言ったら、今度は部長が触れ込んだ「何でも聞けるコンシェルジュ」の方がウソだということが、今ここで確定してしまう。どっちを守る？

わかっている。さっと謝ればいいなんてことは百も承知だ。可愛らしく、申し訳なさそうに「知らない」と降参してしまえばいい。ここはおじさんを立てておけば喜ぶのだろう。もしかして、このおじさんはいろいろとよく知っていて、懇切丁寧に知識を授けてくれるかもしれない。ちょっと悔しいけど、ほんの一瞬我慢すれば相手は満足する。

けれど私は、こういうタイプに限って下手に出たくないと思ってしまうのだった。なぜなら、これは普通に質問してきたふうを装った、おじさんが仕組んだ「ストーリー」だから。そしてそこに、私がまんまと巻き込まれているから。

私は押し黙った。おじさんは私から離れて姿勢を正した。

「そういうことか。よし、じゃあ聞くよ。市民のマークって何を表現してるの？」

「市民のマーク、ですか」聞いたことがない。

そもそも市民のマークだよ。数年前に一般公募したよね」

答えられなかった。そもそもそんなものがあることすら知らなかったから調べていなかった。だから手元に資料もない。いっときのお祭り騒ぎで決めたものの、ほとんど使われなかったのだろう。しかも私はバンノウ市民ではない。降参だった。

突然、おじさんは声のボリュームを上げた。

「だってあなた、何でも知っているんでしょう?」

おじさんは表情を一変させた。晴れ晴れと「私を責めるモード」にシフトチェンジした。私がものすごく大きなミスをしでかしたと、大げさに事態の深刻さをアピールしてみせる。

「おかしいじゃない！」

不意のおじさんの大声に、ワンストップ窓口のざわめきが一瞬静かになった。

ああ、私はこの瞬間が大嫌いだ。モードチェンジしたおじさん。「よし、ここだ」一点の曇りなく人を責めようと決めた時の表情の変わり方。こういう性根が現れる瞬間が大嫌いだ。

私は射貫かれておじさんから目が離せない。心臓が飛び出しそうにほどに高鳴って、手のひらから大量の汗が噴き出した。これ以上傷つかないために、身体が逃げろと言っている。私の生存本能がまさに危機を知らせている。けれど職務放棄はできない。私は怖くて悔しくて泣き出したくなった。でもここで泣き出したらおじさんの思うツボ、泣くのだけは嫌だ。

「すみません、もっと勉強します」

「はは！　あんた結局、何にも知らないじゃない！」

彼は高らかに勝利宣言した。

「何でも聞けるコンシェルジュだって？　何にも聞けないコンシェルジュの間違いじゃないの？」

そして吐き捨てるように言った。「あんた、生意気だねえ」

奥歯を噛みしめる私を残し、ククッと笑って市役所から出て行った。

ワンストップ窓口課長が玄関まで走り出てきた。しげしげとおじさんの後ろ姿を眺め、うなだれている私に向き直った。

「あの人知ってるよ。ここの、俺の上司だった人だ。いやあ、定年して何やってるかと思ったら。何であんなふうになっちゃったんだろう」

私を助けに来たんじゃないのか。そっちの方に驚いた。

「で、ネコミズさんは何を聞かれたの」

課長はまるで屈託なく聞いてきた。私がやっとのことでいきさつを話すと、

「ああ市民のマークね。あれ、あの人が課長だった頃に決めたやつだよ」

「そう、なんです、か?」

「うん。でも別にネコミスさんが答えようとしなくてもいいのに」

「いや、だって、おじさんは私に……」

「広報課かなんかに行ってもらえばよかったのに」

まぶたにたまっていたけれど流れないよう我慢していた涙が、表面張力に負けて一筋こぼれてしまった。自分の怨恨のダシにしやがって。

ついでに、私を差し置いて野次馬的に出て来た挙句、状況の深部を理解していない課長にも殺意が沸いた。

すぐに閉庁のチャイムが鳴った。総務課に戻ったが、目を真っ赤にした私を見て、誰も何とも言ってこなかった。誰もが遠巻きに私を見ている。非難もなければ慰めもない。部長は、総務課のみんなは、惨めな顔をした私をどう思うのだろう。こんなズタボロの私の姿を見て気の毒だと思うのか。それとも、自業自得、自己責任か。同情も冷笑もどっちも嫌だ。そう、放置。これでいい。私なんかこれでいい。


帰宅して落ち着いてくると、今度は猛烈に怒りがわいてきた。私はおじさんの姿を思い浮かべては「うまいこと言ったと思ってるのはお前だけだ」と毒づいた。その夜は、自分の無知は棚に上げ、一撃でおじさんを撃沈させられそうな言葉を探しながら布団に入った。今ならああ言えた、こう言えた……頭にきて眠れなかった。

翌朝。コンシェルジュカウンターに行く前に、いつものように回覧物がいくつか自席に置かれていた。真っ先に投書が目に飛び込んできた。

「何も聞けないコンシェルジュなんていらない」

いつの間に？　もしかしたら私と絡む前に、すでに書かれていたのかもしれない。

私は即座にハンコを押して次の人にまわした。ここにいるのも辛い。さっさとカウンターに向かおうとすると、総務課奥の市長室の前で、総務部長と白髪の市長が私を見てヒソヒソ話しているのが見えた。

消えたいな――人生ではじめて味わった。

またしても右手の薬指と小指だけが痺れて冷たくなり、不気味な黄色に変わっていった。

＊

「スライおじさん」がやって来たのも、やはり私が一人で対応していた夕方五時すぎだった。のっそりした中年男性が大きな紙袋を持ってやって来た。ずんぐりむっくりの大柄で、毛玉がびっしりついた上下紺のジャージ姿。この寒い中、素足に女物のつっかけを窮屈そうに引きずっていた。タレ目でエキゾチックで彫が深いその顔は、どことなく映画俳優のシルベスター・スタローンに似ていた。髪の毛もくるくるしている。しかしまったく整えられていず伸び放題だ。仮に「スライ（スタローンのあだ名）おじさん」と呼ぶ。

「親が死んだんで、その後の手続き」

ぶっきらぼうな言い方だった。外見の通りの太くて通る声だ。しかし身体つきとは裏腹に、ずっとコタツの中にいたけれど久々に出てきたような、蓄積した倦怠感がまとわりついていた。

「では、一六番窓口からでございます」

葬式は終わったのかという質問は反射的にやめておいた。何となくだが、言っても会話にならないような気がしたからだ。それでも「ご遺族の方へ」というプリントは渡さなければ不公平な対応なので、手渡そうとしたが、彼の手はポケットに入ったままであっけなく無視された。だよな……

私がプリントをひっこめたと同時に、

「窓口まで案内しろ」

いきなりカウンターに手をかけて来た。私は縮み上がった。

「あの、すぐ後ろの右側ですので……」

よほど身体が不自由な方や高齢者でない限り、ここを放棄して窓口まで付き添うことはしない。しかしこの時は立ち上がった。私は低い声で「はい」と返事をし、ワンストップ窓口まで一緒に歩いた。我ながらバカみたいなことに付き合わされているのに断れないのが腹立たしい。ああ私が女じゃなかったら……それでも、この人に関しては、負けても何でもいいから私の前から一刻も早くいなくなってほしい。

私は後ろから気だるそうについて来るおじさんに素早く整理券を手渡した。おじさんはわざとらしくため息をついて受け取った。何でお前らのルールに従わなきゃいけないんだ、そう言いたげだった。ここは逃げるが勝ちだ。私は「では」と言って、そそくさと自席に戻った。そして身体を後ろにひねり、座りながら様子を伺った。

スライおじさんは順番待ちもせず、空いていた一七番窓口にどっかりと腰かけた。そして「おい窓口！　客を待たせてどういうことだ」と、虚空に向かって叫んだ。先に待っていた数人が驚いておじさんの姿を見たが、すぐに目をそらしてうつむいた。

そこからが長かった。大きな声が一階に響き渡っている。詳しい話は聞き取れないが、「わからないから聞いてるのに」などと言っている。私の経験上、わからないから聞いていると口にする人の中で、本当に話を聞く用意がある人に今まで出会ったことがない。ほかにも「何を偉そうに」とか「バカか、お前ら」とか何とか。私は椅子から立ち上がり、こっそり窓口に近づいてみた。

見ると、最初に対応したらしい同期のマキさんが、怯えた顔ですっかり硬直していた。その脇に、途中から加わったらしい男性職員が立っている。それでも対応できなかったのか、なぜか（総務部長の取り巻きの一人である）総務課長補佐までもが加わって、戦々恐々としていた。誰かが警備員室に電話をかけたらしく、当直の警備員がスライおじさんの真後ろに立っていた。視覚的な抑止力を期待したのだろうが、今日の警備員は細身すぎるし、そもそもこういう時のための警備員でもない。警備員はおじさんの死角に入って所在なさそうにしている。私はため息をついて自席に引き上げた。後ろからの大声が聞こえて私は振り返った。

「もういい！　手続きなんかやめてやる！　お前ら、このままでいいんだな？」

そう言い放ち、立ち上がって椅子を蹴り上げた。そのまま玄関に向かって歩いて来る。私は自席で小さくなった。

お願いだから素通りしてくれ！

「おい」

もうだめだ。

スライおじさんが私の前に仁王立ちしていた。

「お前、投書の紙よこせ」

私は弾かれたように席を立ち、カウンター横の投書コーナーに向かった。壁際に一人用の机と椅子があり、そこに投書用紙とポストが置いてある。私は用紙と鉛筆を渡した。

「こ、こちらに、用紙と鉛筆がありますので、お書きになってポストへ……」

恐怖で声が震えるのを必死に悟られないようにしたが、最後は声がかすれてしまった。ビビっているのを悟られれば、きっとさらにつけ込まれる。スライおじさんは渡された鉛筆を見て、大声で文句を垂れた。

「何だ、鉛筆かよ」

「え」

「ボールペンよこせ」

いきなりカウンターを叩く。「ボールペンよこせって言ってんの！」

私は慌てて自席のカウンターのペン立てを漁ったが、そもそもここは筆記具といってもマーキング用の蛍光ペンと赤ペンくらいしか用がなく、適当なペンが見あたらない。あったと思ったら、インクが乾ききっていた。迷った末に、手元にあったマイメロのボールペンを渡すことにした。お気に入りの私物だ。

「お前、態度に出てるぞ」

彼はボールペンをひったくって私を忌々しそうに見ると、口を歪めて笑った。

「ここの案内は気が利かない、そう書いてやる」

これ見よがしにペンを走らせ、ポストの口が壊れそうなほど乱暴に紙を突っ込んだ。

「まだ手続き残ってるからな。しばらく来るから、今度はボールペン用意しとけよ」

スライおじさんはそう言うと、つっかけを引きずりながら出て行った。


私は椅子に座り直して両手を握った。スライおじさんが私に言った言葉に私は傷ついていた。のではなく、この言葉で激しく自分を責めていた。

私に接客業は適していないことなど百も承知だ。自分が一番わかっている。でもここに配属されてしまったのだ。私の意志とは関係なく。自分らしさを押し殺して、一生懸命適応しようとしているのに、その姿も擬態だとバレているのなら、もうここにいる資格はない。

私が悪いのだろう。すぐ顔や態度に出てしまうから。思えば昔からそうだった。母から何度も指摘された。嫌な顔くらいする。仕方ない。あれだけのクレーマーだ。そんなふうにいくら開き直っても、自己否定が止まらなかった。
「大人なのに、仕事なのに、社会人なのに」
閉庁のチャイムが鳴った。横を見ると、マイメロのボールペンが、ご意見箱の横に無造作に置きっぱなしになっていた。私はそれを総務課のゴミ箱に勢いよく捨てた。

庁舎の外に出ると夜空が群青色に晴れ渡り、星がちらちらしていた。この地域の冬には珍しい。私はいったん家に帰るとヨガマットをクローゼットから引っ張り出し、また車に乗り込んだ。そのまま市の体育館へ向かう。半年分を前納しておきながら行けていなかったヨガクラス。精神の疲れは身体の疲れに転化できると何かで読んだ。

しばらく行かないあいだにインストラクターが代わっていた。前任のポニーテールのお姉さんは声が柔らかいところが好きだった。ヒーリングミュージックでヨガをすれば、それだけで癒された。今日みんなの前でウォーミングアップをしているインストラクターは茶髪のボブスタイルだ。赤白のボーダータンクトップが、スポーティな顔かたちに似合っている。

戦士のポーズから身体を前に倒して！
もっと、もっと重心を下にできますか――

そのまま、キープ！

この先生のヨガはキツい。さっき顔を上げたら目から星が出た。

彼女のヨガは地に根ざすヨガだ。前の浮き上がる感じとは正反対、重力を実感させられる。自分の重さに気づかされる。私たちは身体という物質を引きずって生きている。生きるということは重さを与えられることだ。生きている限りこの重さからは逃れられない。

次々とハードなポーズが続いた。「ご自身のペースで」などという決まり文句も気にせず、息があがるくらいの強度で黙々とこなしていった。

最後にシャバアーサナ（死体のポーズ）になった。仰向けで床に転がって全身の力を抜く。インストラクターがそっと体育館の電気を消した。私は暗闇に囲まれるつもりで身を投げ出した。高い天井をぼんやり見つめた。日々重力と格闘している私たちは、どこにも力を入れずに屍のようになることは逆に難しい。必ずどこかに緊張を残してしまうものだ。

あっ、

突然のことに、意識は跳ね起きようとしたが身体が追いつかなかった。身体だけ寝そべったまま、意識だけが広大無限な星空に投げ出されている。一面の紺色の中に、無数の銀の点が瞬き、私はその中にいて、なぜか身に憶えのない安心感と解放感の只中にいた。

前にも後ろにも人がいる体育館の床で、私は完全に一人になっていた。それどころか、取り囲む満天の星空は自他の境界をさらに曖昧にしていく。身体が、肉体が、みるみる沈んでいく。どんどん下にめり込んで行く。

反対に、意識は上へ上へと上昇していった。私は上空で思いきり腕を伸ばした。そして銀の星のひとつを掴んだ。星には真綿のような細い白糸がついていて、よく見ると糸はあらゆる星々とつながっていた。私は糸を自由にたどった。そして気ままにひとつの糸をたどり下界へ、小さな屋根が立ち並ぶ街の中に降りてみた。

気づくと、私は古い家の中にいた。昭和ふうの一軒家。立派そうだが、土壁には何本もひびが入って朽ちかけている。部屋は散らかり放題で誰もいない。住人はいないのだろうか。

カギが開く音がした。真っ白い紙袋を持った男が家の中に入ってきた。そして部屋の中央まで来ると、ゴミだらけの部屋のわずかに空いているスペースに立ち、投げやりに紙袋を床に放った。袋の口から大量の書類が流れ出たが、男は目に留める様子もない。スライおじさんだった。

私はゆっくりとスライおじさんの前に回り込んだ。

思わずウッと声をあげそうになった。その目は何も映し出していない。あらゆる光を吸い込んだ、死んだ黒い洞穴だった。

その瞬間、もうどうでもよくなった。

おじさんへの呪うほどの怒りも、私は悪くないと言い聞かせてしまう自分の弱さも、何かいろいろどうでもよくなってきた。おじさんを許そうと思ったとか、全て赦したとかじゃない。そういう「意思のある感情」ではない。ただ知ったのだ。私たちは一人残らず「寂しい者」だということを。そしてこの苦しみ、哀しみを知ってしまったからには、これ以上どうすればいいというのだろう。

スライおじさんが、たった一人でごはんを食べている。
誰もいない家で、見切りシールのついた惣菜を黙々と腹に流し込んでいる。
部屋の端には、ほこりまみれの仏壇があった。
仏壇には二つの位牌とお骨箱があって……さあ、ゆっくりと今に戻ってきましょう。
「横からゆっくりと、身体を起こしましょう」
インストラクターの声だった。

私はすっかり落ち着きはらって家路についた。小さな一人ぼっちの部屋で、いくら昼間のスライおじさんを想像しても、もう怖いとも何とも感じなかった。

翌日、私は総務課の備品ラックからボールペンを三本取り出して投書箱にセットした。けれど何日たっても、スライおじさんは来なかった。
あとから一五番窓口の職員に聞いた話だと、おじさんが自宅の玄関に座ってタバコをふかしながら夜な夜な泣いているところを、近所の人が見かねて（気持ち悪がって、または副流煙を煙たがって、だと思う）彼の親戚筋に連絡され、そのまま引き取られたらしい。死亡の手続きは親戚に引き継がれたと言う。奇特な親戚だ。もっとも、こうなりそうなことはある程度予見できていたのかもしれないし、スライおじさんの親の頼みでもあったのかもしれない。

スライおじさんの姿は、それきり一度も見ることがなかった。

第五話　二〇一六年・大寒

「職場環境――良くも悪くも誰かが見てる」

「昨日、帰りにネコミズさん見かけましたよ」

朝の総務課、気だるい心持ちで持ち場に向かおうとする私に、係長が唐突に声をかけてきた。

「私、何してましたか」無意識の表情なんて見られたくもない。

「何って」

係長は不思議そうに言ってノートパソコンを開いた。「普通に歩いてましたけど」そう言って電源ボタンを長押ししている。

「そうですよね、普通に歩いてるだけですからね」

胸をなでおろした。本当に自意識過剰すぎる。

「憮然として歩いてましたね」

ケロッとした無表情で付け加えられた。

「まあ無理せず」

係長がパソコンの画面を見たままで言った。

この人の会話のテンポは独特だ。忙しそうにせわしなく動いているわりにフワフワしていて、時々ヒヤッとしたことを言ってくるこの四〇代の上司を、しかし私は部長たちよりずっと信用している。

＊

寒い、寒すぎる。今日は朝からずっと暴風雪だ。

確定申告会場になっている四階の市民ホールめがけていつもより多くの人が出入りする正面玄関は、朝からひっきりなしに開閉していた。おかげで一階ロビーがまったく温まらない。その上、ドアが開くたびに大きな雪片と北風がぶわっと舞い込み、私とエンヤマさんの髪をかき乱すのだった。

寒いという感覚と腹立たしいという感情は似ているのだということを、去年ここではじめて冬を迎えた時知った。私たちは二分に一回、両手で髪が踊るのを直している。

ワンストップ窓口前もピリピリした空気に変わってきているようだ。こういう天候の日は突然「ダークモード」に入るから注意が必要だ。みんな寒いのだ。駅や駐車場から雪を肩に乗せながら歩いてきて、やっとのことで屋内に身体を押し込んだのに、期待するほど暖かくなくてガッカリ。

エンヤマさんが苛立った声でこめかみに手をやった。

「ここにいるだけで頭が痛くなっちゃうわ」

「今日の朝、係長が無理しないでって、言ってましたよ」

「でも寒いなんて、言ってもいいのかしら」

「そうですよね」

すると突然、頭上から怒号が降ってきた。

「ちょっと、手が冷たくて書類が書けないじゃない。何とかしてよ！」

「スミマセン！」神様降臨だ。私は勢いよく立ち上がった。


「あ、寒いっすか」

係長はいつもと変わらぬテンションで言った。

「総務課からだと各ポイントの気温がわからなくて。ワンストップ窓口ってそんなに寒いんですね。設計ではそこまで寒くならないはずだったんですけど」

「お客さまが、手が凍えて記載できないと」

一瞬、間があった。

「じゃ庁舎の設定温度を上げますわ」

あっさり解決した。

「あと、申し訳ないんですが……」

ちょっと言い出しにくいが仕方ない。私たちはもうひとつ要望を抱えていた。

「コンシェルジュカウンターの足元もすごく寒いんですが、ストーブとか、ダメですか」

「いいっすよ」

「いいんですか！」

「だって、寒いんでしょう」

もっと「渋られる」と思った。最悪断られるとも。職場というのはいちいち渋られる場所だと思っていた。

「運転手のトビタさんに頼んで買ってきてもらいますよ。ご希望の銘柄は？」

「メイガラ？　べ、別に何でもいいですので！」

三日後、私たちの足元にはコロナのファンヒーターの熱風が吹きつけていた。

本当は、言った翌日には届いたのだ。トビタさんが、市長の送迎や小学生の工場見学の送り迎えの合間にホームセンターで買ってきてくれた暖房器具が。

「すっごくいいやつ買ってきたぜ～」

上機嫌に設置してくれているが、ちっとも暖かくない。

つやつやに光る真新しい白い蛇腹が美しい……オイルヒーターだった。

「これいつ温まるんですか」私の質問に、

「ここらへんはオイルヒーターなんて無理よ。東京あたりならいいけど」と、エンヤマさん。

「スゲエだろう」誇らしげにしているトビタさんにはとても言えない。そこへ係長が、ホームセンターの納品書を持って走って来た。

「トビタさーん、何これ、めっちゃ高いんですけど！」

「だって、いいものは長く使えるじゃん」トビダさんはすまし顔だ。

「やめてくださいよデロンギとか。他に使うお金がなくなります」

「いいじゃん。彼女たち、そうでなくても大変な思いしているんだよ？　いいもん使ってもらおうじゃん」

「わかってますけど。家じゃないんだから」

こうしてデロンギは（無事に）返品され、ファンヒーターが置かれるようになった。救いの温風に、感覚がなくなっていた手足の指がようやくほぐれていった。


数日後、朝出勤すると私は部長に呼び止められた。

「ネコミズさん、今日二時にエンヤマさんと二人で応接室に来てもらえないかな」

「え、カウンターを空けていいんでしょうか」

私たちは昼休みも交代で摂っている。あえてカウンターを空けるなんてはじめてのことだ。部長はあっさりと「大丈夫でしょ。たまにはちょっとお話しましょう」そう言ってきた。

午後二時、総務課奥の応接室に入る私たちを、総務課のみんなが怪訝な顔をして見送っていた。カウンターを無人にしてまで何かあったのか……そんな顔だった。

「ファンヒーター買ってもらったんですって？　暖かくなってよかったですね」

向かい合わせにソファに座るや否や部長が言った。私たちは揃ってお礼を言った。

「どうもありがとうございました」

「でも私なら、そんなに寒けりゃベンチコートでも着ればいいじゃないって言うけどね」

そういうことか。私とエンヤマさんは呆気にとられ、今まで固く閉じていた感情が一気に決壊し、つい声を荒らげてしまった。

「それでなくともあそこはハードな場所です。変な人もいるし、いても誰も助けに来ません」

「最近体調も悪くて、相当なストレスなんですけど」

エンヤマさんも追随した。彼女だって、まさかこんなことになるなんて、予想していなかっただろう。もともとは経理畑、バンノウ市役所で一年働いていた時も事務仕事オンリーだったのだ。

必死に訴える私たちを見て部長は微笑んだ。クレームおじさんのように、わざとらしい笑顔ではない。エレガントでどこにも遜色のない、それでいて人を寄せつけない微笑だった。

「わかってるわよ、あそこは大変だと思う。変なこと言われるし、だからって無碍にもできないし。でも仕事でしょ。大人なんだから、笑って受け流せばいいんじゃないのかなあ。あなたたちって二人して損な性格なのねえ」

それで話は打ち切りになった。仕事だのオトナだのと言われればそれ以上言えない。

つべこべ文句言わずにもっとスマートにやれ、そういうことだ。最悪、ストーブを取り上げられなかったのが唯一の救いだった。

第六話　二〇一六年・春

「言わない女に言いすぎる女――そしていちいち戦う女」

閉庁間際の市役所ロビーからは民家の屋根のあいだに沈んでいく夕日が見える。ずいぶん日が長くなった。壁に掛けられた館内案内図が、徐々にマンダリン色に染まっていく時間。夕日がちらちらと屈折して、さっきからまぶたを刺激している。

私はカウンターに座って市の広報誌に目を通していた。閉庁まであと三〇分もない。エンヤマさんは案内で席を外していた。電子的な呼び出し音も、来庁者のざわめきもない、平和なる一日の終わり。今日は無事終わってくれよ。一日の終わりが無事であるということがこんなにも有難いとは。しかしここはサッカーの試合と同じだ。終了間際までどこで逆転されるかわからない空間だ。私は取り直して姿勢を正した。

気づくと、逆光の中に女性が立っていた。いつからいたのだろう。ロビーにはもう誰もいないと思っていた。さっきまで集中して広報誌を読み込んでいたので気づかなかった。二～三分前からいたのだろうか。

女性は館内案内図と一緒にオレンジ色に染められていた。何かすごく、いい感じ。不思議な感動におそわれ、何か神秘的なものすら感じた。溢れこぼれる夕日がそうさせるのか、私は横目で彼女を観察した。

肩までの黒髪をひとつにしばり、キャンバス地のトートバッグを右肩にかけている。トートバッグの持ち手をしっかりと握って。私はそのぎゅっと握られたこぶしを見て、もしかして不安と緊張の中にいるのではないかとも思った。あるいは、何か強い決意の現れか。

窓口を私に尋ねたい様子は一切ない。自分の目指すところを自分で探し当てたいようで、さっきから何分も館内案内図とにらめっこしている。

「いい加減、わたしに聞けばいいのにな」

疑問が沸き起った。少し探してわからなければ、普通は誰かに聞かないかな。


このひと、何で聞かないんだろう。

頭に疑問符がこびりつき始めている。少しだけ存在感を出してみようか。私はカウンターに座ったまま上半身を動かしてアピールしてみた。けれど女性は、おそらく横顔で察知しながら依然として話しかけて来ようとする様子は微塵も見せない。一方、私の方は、横向きになった彼女の身体の奥に書類を持っているのを察知した。遠目で用紙の色を確認する。うすピンクだ。

妊娠届か。

妊娠届は、受診した産婦人科で書いてもらう。それを持って母子手帳が交付される。マタニティライフに入るための最初の一歩だ。やましい用件じゃあるまいし、だったらなおさら普通に聞いてもいいのに。

ただ、館内案内図には「母子手帳交付窓口」としか書いていないことを私は知っている。だから彼女が手にしている「妊娠届」と「母子手帳」というワードが結びつかなければ、いくら案内図とにらめっこしても窓口を探し出せないかもしれない。

意固地にならず、いい加減に聞きなさいって……

なぜこうも頑固に自力でやろうとするのか。ちょっと理解に苦しむ。聞かないのか、それとも聞けないのか。だんだん彼女が腹立たしくなってきた。頑固者なのに優柔不断の煮え切らない子に見えてきた。私は過去の友人関係を脳内で検索する。いるいる、こういう子。何を考えてるかわからないから、結局まわりが気を遣ってしまう。自分の中ではすごく迷っているのかもしれないけど。でも何と何を？「母子手帳交付窓口」か「乳幼児窓口」か？　そんなことより早く窓口に行って用事を終わらせたいと思わないのだろうか。

ナゼワタシニキカナイノカ?

そんなに私に聞くのがイヤなのかよ。邪推がどんどんエスカレートして来た。私に聞くか聞かないかということを、そもそも迷っているのかも。おーい、きみはいったい何と戦っているんだよ。ねえ戦う必要なくない？　私がここにいることはわかっているんだから。ちょっと呆れちゃう。

こうなったらもう、絶対に声を「かけない」でおく。


エンヤマさんが案内を終えて帰ってきた。そしてすぐさま小声で聞いてきた。

「あの人、どこに用なの？」

「さっきからずっとあそこにいるんですよ」

私は最大限の囁き声で、これまで観察したことを報告した。

「絶対に母子手帳なんですけど、煮え切らない感じでずっとそこで粘ってるんです」

「ネコミズさん、声かけてないの？」

エンヤマさんがケロッと聞いてきた。

「いや、たぶん私に聞くのがイヤなんですよ」

「そうなの？　まあちょっと不思議ちゃんなのかもね。でもそろそろ」

エンヤマさんが続けた。

「もう窓口行ってもらわないと。母子手帳交付って三〇分はかかるよ？」

エンヤマさんの言うとおりだった。これから窓口に行って書類を数枚書き、母子手帳を渡される。手帳の説明があり、立て続けに妊婦検診やら歯科検診やら母親学級の案内やら。さらに生まれた後の届け、新生児訪問の予約方法などが一気に説明される。そんな一度に一年先のこと言われてもとツッコミたくなるボリュームだ。私もツキナミ市の「ようこそ赤ちゃん課」に数か月いた時にやっていたのでわかる。

柱の時計を見上げると五時一五分すぎだ。閉庁時間になってもそれまでに滑り込めば対応はできるが、そうかといっていつまでもここでグズグズしていては彼女や職員の時間が無駄になる。

「行ってくるか……」エンヤマさんが腰を上げかけた。

「いえ！」私は反射的に立ち上がった。「私が行きます！」

私はなぜかパンプスの音がしないようゆっくり彼女に近づいた。そしてトートバッグを握りしめている方と反対側、書類を持っている左に回り込んで立った。

「お客さま」声をかける。

彼女がゆっくり私の方を向いた。

「そちら一階、一一三番窓口です」

待てずに言ってしまった。

彼女はスタスタと私の前から去っていった。ありがとうも何も言わずに。

さっきまでキレイな夕暮れなんて思っていたのがウソみたいに苛立っていた。

「あまり喜ばれなかった」

そう言ってカウンターに戻ると、エンヤマさんが尋ねた。

「ネコミズさん、声かけたいのを我慢してたの？」

私はかぶりを振って「いえ」と否定した。

「むしろ絶対に声かけないつもりでしたね！」

「え、沈黙を争ってたってこと？」

エンヤマさんが笑った。ちょっと呆れているようだ。

「はい」私は座り直して真っすぐ前を向いた。今度こそ誰もいない。じきに閉庁だ。

あと三分というところで、おもむろにエンヤマさんが私を見て言った。

「たまにネコミズさんって、何かと戦ってるよね」

何だか後味の悪い一日の終わりだった。今はまだ何も起こってはいない。けれど、何となく「失態」だったという感触はある。


翌々日の朝のことだ。総務課のデスクで、ルーティンである窓口アンケートを見て、私は心臓が飛び出そうになった。

コンシェルジュとかいう受付の人
私がどこに行ったらいいかわからないのに、

いつまでも声をかけてくれませんでした。

きっとサービス業に向いてない。


「あらら……」

エンヤマさんがおずおずと私を見たが、それ以上何も言わなかった。

サービス業に向いてない――

とうとうきっぱりと言われた。これこそ最強のジャッジメント。彼女の気持ちはともかく、私には無言の戦いをしかけた自覚があったからだ。

またもや重い気持ちを家まで持ち込んだ。この仕事に就いてから、こういう夜が格段に増えた。エンヤマさんに見透かされ、しかもそれを見逃されたことも恥ずかしかった。自分だけがいまだに子供みたいだ。どうしようもなく幼稚なのだ。


たしかに今まで、こんなふうにどうでもいいことがきっかけで、しなくていい相手としなくていい戦いを始めてしまうことがあった気がする。この件だって、私がさっさと声をかければすぐに解決しただろう。しかも「絶対に声をかけないから、そっちから言ってくれば」という流れに、自分から持ち込んでいる。彼女の仕打ちも怖かったが、それよりも自分の邪悪さが醜くすぎた。

もし彼女が月曜日の午前中とか、庁舎が混みあう中で同じことをしていたらどうだったか。私はきっと気にならなかっただろう。あの日あんなことになったのは、ただ単に彼女が一人でいて、目立っていたからだ。そして何かの戦闘スイッチが入ってしまった。その戦闘に至る臨界ポイントがどうも自分自身でつかめない。ほんの少しの期待はずれと不調和。それが私に戦いの火ぶたを切って落とさせる。しかもそのほとんどがどうでもいい理由で、最後は得にもならずに損して終わる。

損な性格、か。


部長の言ったことは正しい。

翌日は体調不良を理由に仕事を休んだ。行ってもお客さまに迷惑だと「自粛」した。

向いてない……接客って、まずこれ言われた時点でアウトだ。特に日本のサービス業はそうだ。事務や営業よりも人格の全体像に関わる。とはいえ接客の才がある人なら、こんなことに苦心しない。もっとナチュラルに他人を思いやったり優しくできるのだろう。要するに私が向いてないのだ。私の、どうでもいい願いを叶えてくれた知らない存在……私はあなたに宣告したい。あなたの人選は完全に間違っていたのですよと。

それでも一応生活が懸かっているのだし、休むとか訴えるとか、そんな力を出すよりも支度して出勤するがラクだった。結局一日だけ休んで、ふてくされて出勤した。

「大丈夫よ。ネコミズさんはネコミズさんで、最初は気を遣ったつもりだったんでしょう？　それにあの子だって、オトナなんだから聞きたきゃ自分で聞きに来ればいいのよ。どっちが百パーセント悪いとか、ないから」

エンヤマさんはそう言ってくれたが、朝の部長の顔といったら。

「あなたには本当に失望させられるわ」

そう顔に書いてあった。

私はエンヤマさんの言葉よりも、部長がさらに言いそうな言葉を想像することに一生懸命だ。どこまでもダサい。私はなぜ、自分を好いてくれる人の言葉よりも嫌ってくる人の言葉を採用してしまうのだろう。


「あのぉ、ちょっといいですかぁ」

それから数日後。ぽっちゃりした長い髪の女性が、私のカウンターにぬっと身を乗り出してきた。そして私だけを見て言った。

「アタシぃ、さっき税金の窓口行ったんですね。でも窓口の女のひと、あのオンナ何なんですかぁ。こっちはわからないから聞いてるのにぃ」

なるほど、納税に不服があるのか。さらに職員に不快な思いをさせられたようだ。しかし出来事とは裏腹に、彼女の声色になぜか背筋がぞわっとした。幼い女の子が駄々をこねるような言い方だった。その甘えながら有無を言わさない圧を感じ取った私たちは、反射的に上半身を後方にのけぞらせた。

「それは申し訳ありませんでした……」

女性は私だけを見ているので、私の方が謝罪した。この人からすれば税務課だろうがコンシェルジュだろうが同じだ。それに、クレームにはまず謝罪だと教わってもいる。

「そんな謝られ方をされても、全然嬉しくないんですけど」

女性にぴしゃっと冷や水を浴びせられた。

「すみません……」

「ちょっとアタシ傷つきましたよ？　いいですか。アタシは、今のアナタの言葉に、すっごく傷ついたんですよね。わかりますか、この気持ち」

わかる、わかっているつもりだ。臨時職員として働き始めた日、こんな時のために「カウンターの外にいた頃を忘れないように」と思ったのだから。言っても信じないだろうけど。だから、ただもう平謝りすることにした。

「不快な思いをさせてしまい、申し訳ありません」

しかし女性はさらに語気を強めた。

「許さないです。だってアタシ、もう傷ついちゃったんで」

アタシアタシ。アイメッセージってやつか。気持ちを訴えたい時はアイ（I）・メッセージで言う。そうすれば相手にわかってもらいやすいと何かで読んだ。全然通じてないどころか、逆に神経を逆撫でられた。

「たしかにアタシ、ずっと払ってなかったですよ？　で、今後も払える見込みはありませんけど。でもこれで、さらに払う気が失せました。もう一生、税務課なんて行かないんだもん。アナタのせいですよ」

　私は押し黙った。すごくムカついているが、もう一度念押しした。

「あの、言い方が悪かったのなら申し訳ありません」

　しかし女性は長い髪をかき上げて、私を睨み返してきた。

「アナタ、名前なに？」

「ネコミズですが……」

「ふうん、じゃあネコミズさんから税務課の課長をここに呼んでもらえますか」

「え？」

「だってここ受付でしょう？　できますよねぇ。受付って呼び出すのが仕事ですよねぇ」

　さっさと税務課長に出て来てもらった方がいい。このままエスカレートすれば、また私が原因で騒ぎになりそうだ。頭ではわかっている。しかしこの女の思うままにもさせたくない。

　たしかに、窓口で不快な思いをしたことは理解できる。でもなぜだ。なぜ「ここに」「私が」「課長を」「呼び出して」「当然だと」思っているのか。そしてなぜ関係のない私が、ここまで高圧的な態度をされて課長をここに呼び出すことを強要されなければいけないのか。

「こちらは職員の個別のお呼び出しなどは、」

　やや強めに言いかけたがお構いなしだ。さらに、

「は？　ダメってことですか」

　と、高音でかぶせてくる。

「じゃあアタシどうすればいいんですか。税務課にも行けなくて、ここにも呼べないって言うんなら、アタシはどうすればいいんですか？　それともネコミズさんが何とかしてくれるんですか？　何とかならないなら、アタシ、上司に言いつけますよ」

例のヤツが、まさに発動しそうだった。

私の違和感、私の正義、私の常識……

「ですが」


心の内壁に、小石のようなものがコツと当たった。それはあまりにもかすかな衝撃で、拾ってはみたものの、何なら無視していいかと思うほどの小さな違和感だった。

「お客さま、それはですね……」

女性の言葉を遮ろうとしたその時だ。

タタカウナ

閃光のような微弱な信号を確認した。言語化すらされないほどの小さなシグナル、いつも私はこれを無視してしまう。あえてスルーすらしていた。聞き入れたら負ける気がしていたからだ。何に負けるのかはわからない。そもそも戦う価値があるのだろうか。

私は立ち止まった。先に続けたかった言葉をいったん飲み込んだ。

や め と け

今度はしっかりとキャッチした。

ハッキリと聞き取れる大きさになった。危険を知らせるシグナル。出来事は進む。言葉は言ったら取り消せない。この間の妊婦さん、私がこのシグナルを拾っていれば、私も彼女も傷つくことはなかっただろう。

「……承知いたしました」

私はそう言って受話器を取った。「少々お待ちくださいませ」

ふと横を見ると、エンヤマさんがハラハラした顔で状況を見守っている。

私たちの目の前で、女性と税務課長が長らく立ち話をしている。税務課長は数日前にギックリ腰をしたということだが、やはり時々腰をさすっていた。女性は課長がここに到着するなり態度を急変させ、最後は身体をくねらせながらにっこりして出て行った。

「ネコミズさん！」

女性と税務課長がいなくなると、エンヤマさんが目をキラキラさせて指先で拍手した。

「わかる、わかるわ！　私もわりと引かない方だから。よく堪えたわね～」

私は机に突っ伏した。「くやしい……」

「ネコミズさん、また何かと戦っているの？」

「あれで勝ったと思うなよ……」

突っ伏しながら声をしぼり出す私に、

「あらあら、もうタイヘンねえ」エンヤマさんが苦笑いしている。

「いえ、もういいです。凝りました」

不毛なパワーゲームは疲れるだけで、何の得にもならない。負けても何でもいい。これからはラクな道を選ぶ。


その選択は正しかった。このシグナルを拾えるようになってから、私とお客さまとのトラブルは激減した。しかしそれが、私の心にじわじわと灰色の砂を積もらせていくきっかけになっていく。

スピンオフ
「市バスと常連さん――気になる二人組」

市役所にも「常連さん」――よく来る人がいる。かつてツキナミ市で証明書を出しまくっていた頃、常連さんといえば業者だった。手続きを代行する行政書士、仮ナンバーを取りに来る中古車販売業の事務員、葬儀社の人。たまに弁護士や捜査のため証明書を請求しに来る刑事などだ。

私たちのカウンターにも常連さんができた。

例えば、ほぼ毎日やってくる丸い虎刈り頭のギョロ目のおじさんだ。名前がわからないので、そのおじさんのことは仮名として「市バスおじさん（大）」と呼んでいた。

三〇分に一本、正面玄関から発着する市のコミュニティバス。玄関前にバスが着いて、ジャラジャラと人が降りてくる中に、市バスおじさん（大）はいる。

ズボンのポケットに両手を突っ込んだまま、わき目もふらず早足でやって来る。そして声が届く絶妙の距離になったタイミングで声を発する。「シバスコンドナンジ」

「二時発です」

間髪入れずに答えるとおじさんはポケットからヒョッと片手を挙げ、一瞥もくれず先に進んで行く。

一時五五分。おじさんが私たちの脇を後ろから通りすぎて行く。

「お疲れさまでした」

ちなみに帰りは声をかけても無視されるが、こちらが教えた時刻は必ず守ってくれる。すくめた上半身は一切動さかず、クロックスの擦れる音とともに足が滑らかに彼を運んで行く。これが最低一日一回行われる。

当初はおじさんの素早さに戸惑った。「シバスコンドナンジ（市バス今度何時？）」という音を脳内で漢字変換できずあたふたしていると、今度は自分のリズムが狂うのか、わかりやすくイラっとしていた。ほどなくして顔を覚えると、おじさんがバスから降りるのを見かけるやいなや時計を見て、バス時刻を確認するようになった。そして気にするようになった。

「市バスおじさん（大）、来てる？」とエンヤマさん。

「さっき福祉サポート課に向かっていきましたよ」と私。

福祉サポート課というのは生活保護の担当課だ。

（大）がいれば（小）もいる。小さい方の市バスおじさんの登場ペースは、だいたい二日に一回ほどだ。やはり市バスから人並みに混じって降りて来る。身体は市バスおじさん（大）よりひと回り小さい。グレーの上下スウェットにツッカケ（しまむらの入口で売っていそうな）をカランコロン鳴らしながらやってくる。違うのは、（小）の方は顔の幅に合わないくらいの大きな銀ぶち眼鏡をかけているくらいだ。

「こんにちは」

声をかけるとクイッと首を縮めて会釈だけはしてくれるが、基本的に（大）と同じでポケットに両手を突っ込んだまま通りすぎて行く。（大）と同じで三〇分ほどすると無言で市バスに乗って帰って行く。市バスおじさん（小）の行先も福祉サポート課だ。

「市バスおじさん（小）今日、来てますか」

「さっき来てすぐ帰ったよ」

こちらもなぜかとても気になる。

二人ともこちらの存在などまるで眼中になさそうだが、私たちとしては餅つきの合いの手のような好ましいリズムと、それ以上に何事も起こらない安心感があって何となく好ましく思っている。

しかし「市バス」「福祉サポート課」という同キーワードでセットに見立ててしまっているが、もちろん彼らは知り合いではない。知らない誰かとセットにされていて、しかもちょっと好印象を持たれているなんて気づいていないだろう。

それにしてもいったい何をしに、彼らは家と役所を激しく往復しているのやら。

＊

「市バスおじさん」とは逆のパターンもいる。いつも二人でいるのに一人とカウントしたくなる二人組だ。「彼女たち」が来るのはだいたい月に一度。なのでそれほど頻繁なペースでもない。背の高い中年女性と、その肩にも届かない小さな中年女性の二人組だ。背の高い方は帽子を目深にかぶりズボン姿、一方の小さな方は白髪ボブで鷲鼻、だいたい民族調のチュニックに細身のジーンズ姿だ。そして二人とも大きなリュックをかついでいる。旅するみたいに。

彼女たちは決まって二人でやってくる。腕を組んでぴったり寄り添い、片時も離れない。そして絶対に背の高い女性の方が向かって左、チュニック女性が右側だ。驚くほどにサクサク歩きまわり、曲がり角は美しい弧を描いて曲がる。そしていつもケンカしている。どうしてそれがわかるのかって？　毎回ここに寄るからだ。

「市バスの時刻表はどうやって見ればいいですか」

私たちと話すのは必ずチュニックの方だ。

「市バスは循環バスなので、ここを発車する時刻は表の一番上となります。それからこのように下に見ていって、また市役所に戻ってくる時刻が表の一番下、この時刻になりますね」

配布用のバス時刻表を広げ、指で示しながらチュニックに説明する。帽子の方は右手に白杖を握っている。

「なるほど」

「こちらの時刻表は配布しておりますので、よかったらお持ちください」

「ありがとう……で、私たちは何時のバスに乗ればいいのかしら」

「今からお帰りですか」

「そうなんです」

「でしたら、次は一二時半ですね」

「わかりました。バスが入って来るまでそこのベンチに座らせてもらいますね」

チュニックは玄関に一番近いベンチを指さした。

「ええ、どうぞ」

二人はきれいに旋回して歩き出し、玄関脇のベンチに同時に腰かけた。


エンヤマさんが惚れ惚れと感嘆した。

「印象的、っていう言葉がぴったりね」

「ええ、わかります」私も同意する。

「なんていうか、童話の中に出てくる感じっていうのかな」

「ムーミン谷にいそうですよね」

「そうなの。存在が文学的なのよね」

私たちは目の前の絵画でも見るように、しみじみと所感を言い合った。私とエンヤマさんは対象に同じ印象を描いていることが多い。こういうところが、相方がエンヤマさんで良かったと思わせてくれる。

一二時二二分。

ガラス張りの正面玄関に、市バスが到着した。前方降車口から次々に乗客が降りてくる。同時に中扉が開き、並んでいた人たちがぞろぞろと乗車し始めた。

一二時二五分
全員が乗り込んだ。しかし二人はまだベンチでじっとしている。

一二時二八分。

まだ動かない。どうした？


一二時二九分。

ちょっと、いくら何でもヤバイから！


「すみませんお客さま、バス乗るんでしたよね！」

たまらず駆け寄ってしまった。チュニックが驚いて飛びあがった。と同時に腕を預けていた帽子の方もつられて身体が持ち上げられた。

「なに？　何なの？」帽子の方がブツブツ言い始める。

「ごめんなさい、ちょっとボーッとしてたのよ」チュニックが言い訳した。

私は二人に準備を促して「ちょっと運転手さんに話して待ってもらいます！」と、外に走り出た。運転席横から顔を覗かせると、運転手さんがドアを開いてくれた。あと二人乗りますと声をかける。今日の運転手さんは大丈夫だ。たまにトイレ休憩で市役所に入って来るが、いつもニコニコと鷹揚な人で私たちにも毎回挨拶してくれる。案の定「あいよ」と二つ返事だった。急いで二人のところに戻ると、さっそくわちゃわちゃわちゃやり合っている。

「もう、あなたって、いつもそう」

「いつもじゃないでしょ」

何やかんやと言い合いながら、慌ただしくバスに乗り込んで行く。

「オッケーです、ありがとうございました」中扉から声をかけると、

「出発いたします」運転手さんが前方を向いたままで片手を挙げた。

一二時三二分。市バスは予定より二分遅れで発車した。


「危なっかしくて見てられないわね」とエンヤマさんがため息をついた。

「ええ。でも気になっちゃうんですよねえ」

「そうなのよねえ」

しかしまあ、その後もあいかわらず同じことを繰り返す。もう何度、バスの時刻表の見方を教えたことか。

「……で？　どういうこと？」

そのたびに挫折している。きっとチュニックの家には市バスの時刻表が山ほどあるはずだ。

「大丈夫ですよ。お声かけますから」もうあげなくていいや。

「あらそう」「よかったわね」胸をなでおろす二人組。

それにしてもこの二人、どういう関係？

＊

ある日、開庁後すぐのバスで「市バスおじさん（小）」が降りてきた。普段は昼すぎにやってくるのだが、今日はいったいどういうわけか。

朝イチの見回りで通りかかった警備員が私に近づいて来て、面白そうに言った。

「今日はブランドのバッグ持ってるぞ」

今日の警備員、アキオさんも、私たちのところへ何かと話しに来たり報告にやってきてくれる気のいいおじさんだ。そうか、アキオさんまで市バスおじさん（小）を知っているんだ。まあこれだけヘビーに来庁していれば覚えられもするか。

「ブランドの、バッグ？」

眉間に皺をよせて見ると、市バスおじさん（小）の腰のあたりで、バレーボール状の白い物体が揺れている。ボールにはたしかに手提げがついている。

「オレは象印、と見たね」

警備員さんがつぶやいた。

「象印？」私は目を細めた。

それは手提げじゃなくて取っ手、バッグじゃなくて炊飯器だった。

エンヤマさんがぷっと吹き出したが、すぐ真顔になって向き直った。お客さま、市バスおじさん（小）が入って来た。私たちと警備員さんは一礼して彼を迎えた。おじさんはわき目もふらず一目散に福祉サポート課に向かっていく。今日は妙に荒っぽい空気感をかもし出している。

しばらくすると、奥から大声で言い合う声が聞こえてきた。エンヤマさんに断って近くまで様子を見に行ってみた。もちろん気づかれないようにだ。

「だから壊れたんだよう！」

市バスおじさん（小）と福祉サポート課の課長がカウンター越しに言い合っていた。

「こないだ買い換えたたばかりでしょ。知ってますよ」

「修理代くれ……」

「何ですかこの小細工は。じゃあここでゴハン炊いてみますか？」

「金なくなっちゃってさあ」

「いやいやいや……」

「頼むよ、パチンコで負けたんだよう」

「一週間前もお貸ししましたよね？」

市バスおじさん(小)の声をはじめて聞いた。小さいのに、あんなに大きい声が出るなんてちょっと驚きだ。とりあえず状況を確認したのでカウンターに戻った。すぐにおじさんが来た時よりもさらにカリカリした様子で出て行った。

「お金くれって、言いにきてるんだね」

私たちは目で見送った。

ハードな交渉に失敗したおじさんを、今日も市バスが運んで行く。

同じ日、今度は市バスおじさん（大）がやって来た。こちらは珍しく午後からのお出ましだ。しかも手ぶらじゃない。スーパーのビニール袋を下げていた。

おじさんが近づいてくる。即座に時計を見た。今度の市バスは三時半だ。

「おい」

「三時半でございま」

「これ持ってろ」

「は?」

市バスおじさん（大）はものすごい早さでエンヤマさんにスーパーの袋をつかませると、そのまま前進していった。

「重っ、なにこれ」エンヤマさんがうめいた。

「どういうことですか?」

私たちは狭い中で頭をくっつけて、ビニール袋の底をのぞき込んだ。

「生泡」発泡酒　五〇〇ml　六缶セット

「なんでよ！」エンヤマさんが叫んだ。「私に預けられても」

そして憤慨しながらつかつかと福祉サポート課へ向かって行った。私もちょっと遅れて追っかけた。こっそり到着すると、こないだの市バスおじさん（小）と同じような光景が繰り広げられていた。カウンター越しの攻防だ。

「頼むから貸してくれよう」

「ダメです」

「勝つつもりだったんだよ。もう食費もねーよ」

「パチンコばっかりしてればそうでしょうね」

「米買う余裕すらねえよ、餓死してしまう」

「……」

そこにエンヤマさんがスーパーの袋を持って立っていた。二人から一メートルくらい離れて、全てを察したような顔をして。

エンヤマさんはおじさんと福祉サポート課長のあいだに割って入った。

「お客さま、お忘れものですよ？」

課長がさっとビニール袋の中身をのぞき込むと、瞬時に頭を抱えて叫んだ。

「タカハシさん、ウソつかない！」

「バカッ！　持ってろって言ったのに」

おじさんは袋をエンヤマさんから奪い取った。三人は無言で突っ立っている。言いようのない気まずい空気が流れていた。私はこっそりカウンターへ戻った。エンヤマさんが戻ってきて一部始終をまるまる語ってくれた。市バスおじさん（大）はタカハシさんという名前だということも。実はもう知ってるけど。

＊

今日も市バスおじさん（大）は朝イチでやって来る。

「おはようございます」

いつもの朝だ。この時間だと一〇時発だ、と思ったら「おい」タカハシさんがギョロ目でカウンターに肘をついている。この人はとにかく動きが早い。しかもまたビニール袋を下げている。

「な、何かご用ですか」急いで言葉を差し替えた。

「角の八百屋のリンゴ、食ったことある？」

「八百屋ですか」

「知ってるか？　あそこんちのリンゴ、美味いんだよお」

「そ、そうなんですか？」

「知らねえだろ」

「知らないです」

「食ってみ。ほら一個やろうか」タカハシさんはビニール袋に手を突っ込んだ。

「わあ」

真っ赤なリンゴ。大きくて、蜜がたっぷりありそうだ。ちょうど喉も乾いてきた頃だ。こんなリンゴを頬張ったら、どんなにか幸せな気分になるだろう。

「でも、職員はもらえないんです」

「そうなのか？うめえのになあ」

「お客さまが美味しく頂いてください」

「そっか……じゃあ仕方ねえな」タカハシさんはリンゴを袋におさめながら、満面の笑みを見せた。歯が半分くらい無い。


「美味しそうだったね」

「よだれが出そうになりました」

「ちょっと行ってみるか。そこの八百屋だよね」

「私も行きます。果物ってスーパーでしか買ったことないから」

「たぶんさ、パチンコで勝ったんだよね」

「私もそう思いました」

「ダメねえ」

「まったく……」


ムーミン谷の二人組もやって来た。

「四階の市民展望室に行ってみたいんだけど、どうやって行くの?」

珍しく市バスじゃないオーダーだ。

「この通路の左側にエスカレーターがございますので」

ひととおり説明するとさっそく彼女らは出発した。しかし程なくして戻ってきた。迷ったらしい。

「あの、どこがどうでしたっけ……」

「ではメモに書いてお渡ししますね」私はメモとペンを取り出した。

「ほーらあなたっていつもそうよね」帽子が毒づいた。

「しょうがないじゃない。歳なのよ」チュニックが息巻いて反論する。

「違うわ、もとからよ」

「違わない」

ムーミン谷の二人は、やはり美しいフォーメションで旋回して去っていった。

そういえば一度だけ、チュニックじゃなくて別の中高年女性が一緒に来たことがあった。優しげでチュニックよりも断然しっかりしていた。でもすぐにチュニックに戻ったものだ。ヘルパーさんにも相性があるのだろう。たとえケンカばかりでも。

かく言う私たちも二人組だった。

きっと誰かが私たちを「ニコイチ」だと言っている、はず。

第七話　二〇一六年・晩秋
「悪魔の証明――お客さま、たぶんそんな部署はございません」

あとどれくらい？　あとどれくらいで任期満了になる？　そんなことばかり考えて過ごしていたらいつのまにか外気が冷気を帯びるようになった。季節がまた一周し、三年目に入ろうとしている。謎のお仕事として手探り状態で始まったコンシェルジュ業務だが、どこからどこまでをすべきかの線引きが明確にならないまま、ズルズルとやってきてしまった。

最初は威勢がよかった総務部長はすっかり来なくなっていた。もっと市民に熱狂的に迎えられると思ったのにそれほどでもなかったのだろうし、可愛げのない私たちにも愛想をつかしたのだろう。こちらにしてみれば、勝手に期待されて何も教えられず勝手にがっかりされたのだが。これは雇用期間が切れるまで放置されるクチだろう。

とはいえ、上層部には何の興味の対象でもないだろうが、こちら側の実感から言えば、私もエンヤマさんも徐々に対応できることが増えてきた感はある。突飛なことを聞かれて頭が真っ白になった時代は、ゆるやかにすぎようとしていた。私たちには二年分の経験とデータが積みあがっている。まあコンシェルジュなどと言っても一次対応場所、要はどこかの部署に絡めてしまえばいい。ここではゼロからイチにすればいいのだ。あとは詳しい職員がいれば対応できるし、そうでなくても何かのヒントは与えられるだろう。期間限定で受け付ける手続きもある。

だから以前に増して「お客さま、そんな部署はございません」とは言えなくなっている。

また朝が来た。今日は週明けなので混んでいる。

さっそく色白で品の良さそうなご婦人が、眉をへの字にしてやって来た。エンヤマさんはすでに案内中だったので私の前に立った。

「うちの仏壇を棄てたいんだけど、お寺を通さずに魂抜いてほしくて」

目を丸くした私に気づいたのか、

「やっぱり、市役所じゃ無理かしらね」

手を頬にあてて困った顔をした。

本人はいたって真面目な面持ちだ。意外と本気で悩んでいるっぽいけど、どうなんだろう。スピリチュアルな案件だろうか。

するとエンヤマさんが別の案内を終えてこちらの様子を伺うと、すかさず入って来た。

「すみません、お客さま。ご用件の部署は市役所にはございませんので、やはりお寺様にご相談する方が良いかと」

エンヤマさんに言わせれば、これは完全に市役所じゃないと言う。

「だって、タマシイよ？」

そう断定できるような経験も多くしているのだろう。例えば、嫁勤めとか。

「要は、お寺にお布施を払いたくないのよ。それでいて、そのまま廃棄するのは忍びない」

「ああ、なるほど。そういうこともあるんですね」

「いろいろあんのよ〜」

たまに来る「本当にここにはない」案件。助かった。


「どちらの窓口にご用ですか？」

お昼どき私の目に留まったのは、導線が定まらない大柄の若い女性だった。トレーナーにジーパン姿なので目立たないが、人混みの中で、さっきからカウンターの前を何度も通過している。私の視界に入っては消え、また反対方向から現れては消え……私は席を立って女性のそばに行き声をかけた。「どこかお探しですか」

すると女性は「探してるけど大丈夫です。別の用事もありますので失礼」と右手をぴしゃりと上げて断ってきた。私はそのまま引き下がった。人でも探しているのだろうと思うことにして。

三〇分ほど経った頃だ。けたたましいサイレンとともにパトカーが一台玄関に止まった。

「県警です、通報がありました。屋上へはどうやって行けますか」

目の高さで素早く警察手帳を見せられた。

「あの、そちらの通路の角にエスカレーターがありますので、五階まで上がってください。屋上は駐車場になっています。あとすいません、総務課に連絡させていただきます」

「わかりました。まさに総務課さんから通報があったので。屋上までお願いしますと」

数人の警察官は通路を駆けて行った。

私はすぐさま総務課に内線をかけた。「警察が来ましたけど。何かあったんですか?」

電話に出たのは係長だった。「女の人が屋上から飛び降りようとしてたんですよ。屋上駐車場にいたトビタさんが柵の外に女の人がいるって。それで通報したんです。いま男性陣数人がかりで止めに入ってます」

数人がかり……さっきの女性じゃないか、なぜか真っ先に思ってしまった。

「もしかして身体の大きな女の人じゃないですか?　トレーナーにジーパンの」

「ネコミズさんどうして知ってるんですか」

「朝からロビーを明らかにウロウロしてたので、お声かけしたんです」

「なんて?」

「どこかお探しですかって」

「そしたら?」

「断られました。別の用事がありますのでって」

やっぱり無理にでも聞き出せばよかったか。

「別の用事って、こんな用事じゃ困るんですけどね」

いつものように淡々と毒舌を吐く。

三〇分ほどで警察官が玄関から出て行った。

私は内線をかけて係長に聞いた。「落ち着きましたか？」

「とりあえず柵の向こうからは引き上げました。けどまだ諦めてないようで、今は女性警官が説得にあたってます」

「ええ？　私は普通にお昼休み入ってもいいんでしょうか」

「いいっすよ。通常で」

そこへ昼休みを終えたエンヤマさんが戻って来た。総務課でいろいろと話を聞いてきたと見える。興奮気味に「ちょっと大変ねえ」さっそく言ってきた。

「だからここは気が抜けないのよね。一見、冗談か本気かわかりゃしないのよ」

エンヤマさんがため息をついた。まったくその通りだ。さっきまで平安そのものだった場所が、一転何かのきっかけで騒然となる――これがどうしてもストレスだ。そしてこれからも慣れる気がしない。

私はエンヤマさんと交代して昼休みに入るため席を立った。貴重品とお弁当を持って職員休憩室に向かう。休憩室へはメイン通路ではない裏道を通っている。ここは電気も明るくないし目立たないので、職員の抜け道にしか使われない。途中の脇道に地下の施設室に行く階段がある。階段を二段下がったあたりに二つの人影が並んでうずくまっていた。騒ぎを起こした女性の後ろ姿だった。階段に座り込んで背中を丸め、顔を膝にうずめて何か言っている。そのとなりで女性警官も座って、しきりにうなずいていた。

「どうせわたしなんか……太ってるし……臭いし……仕事もしてないし！」

私は気づかなかったふりをしてなるべく静かに歩き去った。明日は我が身だ。

騒ぎが終わった夕方。客足もとだえ、このまま平凡に終われそうだとタカをくくって放心していた私に、エンヤマさんが慌てて助けを求めて来た。

「ネコミズさん、どうしよう」

私はエンヤマさんの前に立つ男性に目をやった。ごくごく普通の中古車ディーラーのおじさんだった。向こうは向こうで、急にパニックになったエンヤマさんを不思議そうに見ていた。

「ネコミズさん、エンド付きパイプのお金って言うんだけど、そんなのないよね？」

私の頭に、通り抜けできない片方がふさがった不思議な筒状の物が浮かんだ。それってもはやパイプじゃなくてコップじゃん……あ、わかった。

わかっちゃった！

「……いや、ありますね」

声を抑えて言った。そうでないと吹き出しそうだったからだ。

「二階税務課、二一一番窓口です」

「わかりました」おじさんは二階のエレベーター方面へ歩いて行った。

エンヤマさんがのけぞった。

「何それ！　ちょっとわたし知らないんだけど～」

今度はエンヤマさんの負けず嫌いが発動したようだ。

「イメージから離れないとダメですよ」

「イメージ？　どういうこと？」

私はニヤけながら言った。

「それたぶん、原動付きバイクです」

一瞬呆気にとられたエンヤマさんが爆笑した。

「もうおかしいと思ったのよね。だって筒に終わりがあったらパイプじゃないじゃない。そればっかり頭がグルグルしちゃって」

「たまたまおじさんの滑舌が悪かったんですね」私も笑った。

「エンドツキパイプ＝ゲンドウツキバイク、もはや脳トレだわ」

それにしてもエンヤマさんのまるみのある声はよく通る。

「エンヤマさんて、内緒話できないですよね」

「そうなの、絶対にバレるの～」

妙にツボにはまったらしく、エンヤマさんはしばらくコロコロと笑い続けていた。

本当に悪魔は油断ならない。

第八話　二〇一七年・初夏

「検索――話しかけられやすい人　特徴」

どういうわけか、昔から見知らぬ人に何やかんやと尋ねられる方だった。あそこはどこですか、ここへはどうやって行けますか。ディズニーランドではキャストに間違えられ、グアムに行けば旅行客らしき外人にまで話しかけられる。

日頃私とエンヤマさんは、お客さまに話しかけられるまでは挨拶しかしない。混みあって順番待ちをしている時は列に並べばいいが、そうでない時に自分から話しかけるのは苦手だという人もいる。だから話しかけたそうな雰囲気を察知したら、すぐに目を合わせたり声をかけたりする。それでもその場を動かない人には、こちらから席を立って近づいたりもする。あの時のように不毛な持久戦に持ち込んだりすることはない。

今日は「話しかけられない日」のようだ。「おはようございます」から「こんにちは」の時間帯に入っても、誰もが私たちの横をすり抜けていく。群衆にもバイオリズムのようなものがあるらしい。朝から列になって昼までしゃべり通しの日もあれば、同じ程度に人はいるのに誰も尋ねて来ない日もある。最初は誰も素通りだったのに、誰か一人を皮切りに混雑し始める日もある。

「おお、珍しいね」エンヤマさんがつぶやいた。

「まだ火曜日なのに」私も前方を向いたまま応えた。

横並びに座っている私たちは、お互い顔を見ずに話す。それでも会話の間合いはちょうど良く、これまでコミュニケーションに困ったことはない。

「そうだ、こないだツアーで旦那と県外の山寺に行ったんだけどね」

唐突にエンヤマさんが世間話を始めた。いつもそんなふうに話が始まる。

「お寺の後ろに散策コースがあって、まだ自由時間があるからちょっと展望台まで歩いてみようってなったの。そしたら一定間隔あけてずっとついて来るおばさんたちがいるのよ」

「知り合いなんですか」私は聞いた。

「全然。同じツアーの人ではあるんだけど。やたらぞろぞろついて来るから、どっかで会った人かなって考えたけど、まったく思い浮かばなくて。旦那にも「お前の知り合いか」って言われる始末でさ」

「展望台に行きたかったんですかね」

「そしたらその中の一人が得意げに「あの人の後ろについて行けば間違いないから」とか言ってるのが聞こえて、ちょっと何言ってんのよって」

「あの人って？」

「だからアタシ」エンヤマさんは自分のあごを指さした。

「勝手に認知されてるってことですか」私が尋ねると、

「きっとここだよね」今度は床を指さした。

「上には市民ホールもあるし、サークルもよく来るでしょう」

「やだなあ、私も覚えられてるのかな」

「絶対にそうよ～」

エンヤマさんは、この仕事を始めてから妙に道を聞かれやすくなったらしい。

言われてみれば、私は前にも増して聞かれるようになった。

先日も、仕事帰りに普段は行かないバンノウ市のイオンに寄ったら、さっそく知らないおじさんに話しかけられたばかりだった。

広大な駐車場に車を停めて急ぎ足で一階フロアを歩いていると、フードコートに差しかかった。平日のフードコートは空いていて、誰もが一定の間隔をあけて食事している。するとその中にいた男性一人が席を立ち、フードコートを抜けてこちらにやって来た。誰か知り合いでも見つけたのかなと思ったら、ピタッと私の脇で止まるではないか。そして何の迷いもなく聞いてきた。

「すいません、アジア雑貨の店ってどこかにありますか」

私も私だ。「えっと、あんまり来ないんでわからないんですけど、そこにフロア図がありましたのでそれをご覧になってはいかがでしょう」なんて即座に返してしまう。

「さあ、わかりませんねえ」と相手にせず拒絶したり「四階じゃないですかねえ」とか（イオンバンノウは三階建てだ）テキトーなことを言ってはぐらかしたりできなくもないが、そこは性格上の問題で律儀に応えてしまう。しかも最近は「投書されないような言い回し」を選ぶ。

自分の買い物が終わったあと、こっそりフロア図を見にいった。

「アジア雑貨……ふんふん、二階奥か。旅行会社とかばん屋のあいだだな」

試しに二階奥まで行ってみる。あった。

答えを確認せずにはいられない。立派な職業病だ。

＊

その強風の日は「話しかけられる日」だった。不思議と、天候が荒れ模様だと人間もソワソワして落ち着きがなくなるのか、私たちに来る質問もどこか答えに窮するひとクセあるものばかりだった。

腕を組んだ男女がやってきた。熟年夫婦か。長旅をしているという。いや、その割には二人とも、好奇心のかけらもない顔をしている。

「今から休憩できる温泉とか、ありますか」

バンノウ市にはこれといった温泉地はない。私の住むツキナミ市の山あいなら大きな温泉観光地が二つもあるのだが。

「温泉だと隣のツキナミ市になるんです。このあたりは港町なので、市街地と工場が多くて健康ランド的な保養施設しかないんです。そこでよろしければ」

「いや、そうじゃなくて」男の方がかぶせてきた。

「お休みできるところっていうか……わかるでしょ？」

あ。でも面倒だからわからない前提でいいか。

「と、いいますと」

「だからさあ」さらに説明しようとしてくる。私は顔を歪めた。

「良かったらこちらどうぞ～」

横からエンヤマさんが満面の笑みで、集められるだけのレジャー施設のパンフレットを次から次へと男に手渡していく。「お使いくださいませ～。はい次のお客さま」

二人連れはほかの人の用事に埋もれていった。

まあ最後に女の方が、熱気のこもった視線を私に向けながら、

「ねえあなた。私たちってどう見える？」と小声で聞いてはきたが。

「えと……ご夫婦ですかね」

二人は満足げに去って行った。どこまでも面倒臭い。


「しかし、なんでそれをここで聞くかねえ」

ひと気のない夕方のロビーで、私たちはハサミとスティックのりを使って市外温泉マップを作成していた。

「ネコミズさん、話しかけられやすいんだろうね」とエンヤマさん。

「そうですかねえ。最初とっつきにくいとか投書が来てましたけどね。最初のイメージと変わってきたんですかね。でも聞かれやすいのは昔からです」

実はちょっと気にしている。ネットで「**話しかけられやすい人　特徴**」で検索してみたら意外に多くの人が悩んでいるらしく、何ページにもわたって検索結果が出てきた。「お人よしがにじみ出ているから」「優しそうに見えるから」「いやいや、単に舐められてるだけ」など。きっと三番目だろう。

けれど今は、知って知らぬふりでもいいかもしれない。この仕事が終わるまでは、これは特技のひとつにしておこう。

第九話　二〇一七年・初冬
「ボン・ボヤージュ――冷蔵庫に収められた私の後悔」

ふと疲れを思い出した。今日は朝から忙しく、時計すら一度も見ていなかった。一一時半だった。あと三〇分でエンヤマさんはお昼休憩に入る。

「お腹すいた」

雑念が沸いたとたんに集中も切れた。今度はやけに時間が遅く感じる。そろそろ人にも酔ってきた。今日は小休憩すら行けなかった。

こうなると心配なのは、情動を抑え込む気力が奪われていくことだ。ちょっとしたはずみで「キレ」やすくなりがちだ。お客さまがではなく、私がだ。ちょっと頭を冷やしたいけど、もうここまで来たら無理だ。私の昼休みまで一時間以上ある。エンヤマさんと交代で摂っているので、私は一時から二時までだ。気を抜くと擬態がはがれそう。例のツッコミ体質が、すでに喉元まで出かかっていた。

「すいませーん」

チェック柄のシャツを着たおじさんが、恐縮した面持ちで近づいてきた。右手には鉛筆、左手には雑誌を持っている。

「三角形の面積の求め方は……」

「は？」あまりにも当たり前に聞いてくるので逆にびっくりした。

「底辺×高さ÷二、ですね」

「そうだった！　いやあ助かりました」喜んでいる。

「クロスワードか何かですか」

「そうなんですよ。ド忘れしちゃって」

おじさんは、いそいそとワンストップ窓口に戻っていった。

そこは自力で解けよ。


「すいません、いいですか」

今度はウサ耳ロングトレーナーをガボっと着た生足女子が、ぽつねんと立っている。

「漢字検定の願書くださーい」

「願書……いえ、普通にないですけど。ここにあるって誰かから言われたのですか」

「えー何でないんですかぁ。市役所ならあるかと思ったのにぃ」

えー何であると思ったんですかぁ。

「願書はないですよ。漢検の団体に聞くか、ネットで調べてみてはいかがですか」

お前が常に握っているソレは、そういう時に使うんだよ。

「えーどうやって調べればぁ……」

えーそこからですかぁ。

「『漢字検定　願書』とかでググったらいかがですか」

「はあ。じゃあ、やってみますけど」

けど、じゃないし。しかも、じゃあって何だ。

「それでお願いします。次にお待ちの方どうぞ」打ち切った。

女の子はカウンターから一メートルだけ脇にずれてスマホをいじり始めた。何かあったらまた聞こうと思っているのが見え見えだ。幸いわかったようで、黙って玄関から出て行った。


「あの、車椅子はどこでしょう」

一組の夫婦がやってきた。六〇代くらい、背丈は小さいが、しっかりした体格の奥さんが近づいて、私に声をかけて来た。

私は奥さんの斜め後ろに半分隠れている旦那さんに目をやった。歩き始めの赤ちゃんみたいな危うさで立ち、じっと床を見つめている。

たぶん私は、さっき彼らが市バスを降りて来たところを目にしていたと思う。旦那さんは赤いカートをひきずっていたはずだ。視線をずらすと、赤いカートが目に入った。旦那さんの鼻には透明チューブがあてがわれている。やはり、さっきの夫婦だ。

「この人なんですけど、ちょっと車椅子に乗せたくて」

奥さんの声は、何だかエンヤマさんに似ていた。そういえばエンヤマさんがさっきからいない。振り仰ぐと、記載台でお客さま対応をしている。ちょっと前に「書き方がわからない」というお客さんに腕をひっぱられて行った。ワンストップ窓口まで行けば記載アシスタントがいるのだが「私はあなたがいいの」たまにこういう強引なタイプがいる。

「はい、車椅子はそちらにございます」

私は正面玄関を手のひらで示した。カギつきの傘立ての脇には、いつも来庁者が使える車椅子が常に二台置いて……なかった。今日は残っていなかった。朝から騒がしかったから二台とも使われていることにすら気づかなかった。

「少々お待ちください。持ってきます」

おそらく裏玄関にもう一台あるはずだ。本当は気が進まなかった。ごった返すこの場を一時的に放棄しなければいけない。

私は夫婦をそこで待たせて、パンプスができる全速力で裏玄関まで回った。今日に限って全滅だった。私はまた駆け足で戻り、奥さんに言った。

「すみません、全て使用済みでして」

奥さんは「なら仕方ないわね」と、旦那さんの二の腕をぐっと掴んだ。「今日は車椅子ないんだって」意外にあっさりした調子で言い聞かせている。

「スイマセンね、いいですか」

そこに背の高い男性が割って入ってきた。夫婦のすぐ後ろで順番を待っていた人だ。インド系か。茶色の柄物シャツにジーパンで、大きな瞳をクリクリさせて立っている。

「インドの雑貨、売ってるとこ知らないですか」

「インドの雑貨？」

「まあインドじゃなくてもネパールでもスリランカでも。アジア雑貨ってことね」

この忙しい時にアジア雑貨だと？

「イオンにありますので」

即答した。当たり前だ。こっちはこないだ確認済みなのだ。

「イオン……バンノウイオンですか」

「二階奥、旅行会社とかばん屋さんのあいだですので。ハイ次のお客さま」

ごめんなさい、今日はこれ以上相手できない。


いつのまにか私の横にいたあの夫婦がいなくなっている。慌てて振り返ると、ワンストップ窓口の待合椅子に向かって歩いているところだった。旦那さんは奥さんに支えられながら、少しずつだが前に進んでいる。「そっか……大丈夫かな」私は前に向き直った。そこへエンヤマさんが戻ってきてドサッと椅子に座った。

「はあ。なかなか離してくれない人だった」

「エンヤマさん、車椅子見なかったですか」私が尋ねると、

「さっきおばあちゃん乗せて行ったのは見たよ。あとのもう一台は、見てないな」

言いながら彼女は貴重品が入ったポーチを取り出した。

「遅くなっちゃった、お昼行ってくるね！」

気づいたら一二時をとうにすぎていた。


車椅子が戻ってこない。人が途切れたところで席を立ち、ワンストップ窓口まで行ってみると、旦那さんだけが待合椅子に座っていた。最後尾の端っこに、置き物みたいに座らされている。

そのまま走ってエレベーターで二階に行ってみた。エレベーターを降りたところに一台あったはずだ。けれど行ってみると、設置してあったのは休憩用のベンチだった。勘違いしていた。すごすごと一階に下がった。

ところで奥さんはどこにいるのだろう。ざわついたメイン通路を歩いて奥さんを探した。一階奥の障害サポート課の窓口に奥さんの頭、うねったショートボブが見えた。まあ二人であちこち回るより、この方がいいよね。一人で納得して席についた。でもそれなら、そもそも本人を連れてくる必要もないのでは。そこのところ、どういう決まりになっているんだろう。役所ってこれだからな……。

妙にイライラしてきた。ちょっと余裕がないと、もろに「素」が出そうになる。前よりも格段に苦情は減った。とかいって気を抜いた頃に失敗するから、こういう時の自分の取り扱いは細心の注意が必要だ。にしても、もっと楽にならないかなと思う。「ありがとう」の言葉も、空々しく私の心をうすく撫でるだけだった。ずっと、自分のしていることにわざとらしさがつきまとっている。

急に耳元で金切り声がした。放心していた私は全身で飛び上がった。

「どうしましょう、大変なことに！」

先ほどの奥さんが私の横に立ち、泣きそうな顔をしている。

「ど、どうされました」

すぐさま立ち上がりカウンターから出た。奥さんの手がわなわなと震えている。

「酸素が、旦那の酸素が、なくなってしまいそうなんです！」

さっき声をかけられなければ何のことかわからなかっただろう。旦那さんが引いていた赤いカートの中には、彼に必要な酸素が入っている。それが間もなく切れるというのだ。


なにそれ、メンドクサイ。


「どうしましょう！」

奥さんは顔を真っ赤にして言った。

「あの、私はどうすればいいですか」

「まだ大丈夫だったはずなのに！」奥さんが顔をくしゃくしゃにして叫んだ。

「保健師さんを呼びましょうか」

福祉系の課には、看護師や保健師免許を持った職員が多く働いている。

「どうされますか」再び尋ねた。私としても、別の誰かに振りたかった。

「どうしてこんなことになったのか、私ったら……」

しかしどうも会話が噛み合わない。

私は目の前で手をパチンとやるように、少しだけ強い口調で奥さんの言葉を遮った。

「で。どうされますか」

奥さんは私をまじまじと見た。自分から来たくせに、はじめて私を認識したような顔をしている。

「じゃあ、ここに電話を」財布から汚れたメモ紙を取り出し渡してきた。

鉛筆で「中泉商会」、その下には電話番号が書いてあった。

「電話、ですか？」

「酸素を持ってきてくれる業者です！」

奥さんが苛立った声で怒鳴ったので、私は黙りこんでしまった。

嫌な空気になった。

「あの、私が電話をかけるんですか？」

なぜ奥さんが電話をかけないのだろう。

「だったら電話しているあいだに旦那を見てくれますか？」

怒り口調で返された。「私が付いてた方がいいでしょう？」

どうして自分の携帯でかけないのだろう。中泉商会が来たら、私が誘導しなくてはいけない。本来の仕事を放棄してまで、業者と夫婦のあいだに入らされる意味がわからない。これって、私がやること？　ひどく億劫だった。

「ご自身で電話されては。旦那さんには看護師さんか保健師さんに付いていていてもらいますので」

「付いててもらっても酸素は多くなりませんから。すぐ電話お願いします！」

奥さんはそう言って旦那さんのもとに走っていった。私は一人取り残された。


わからない。ここまでやるの？　どこまで誰かのお願いに介入させられるの？

コンシェルジュと言ってもここは市役所だ。ホテルの真似事しかできない。公務員が、相手の名前も素性も知らない前提で（ほかの窓口なら匿名ということなど滅多にないのに）市民に対して出会い頭にできることなんて、たかが知れている。そもそも、私にいろいろ聞いてきた人たちの全員がバンノウ市民かどうかもわからないではないか。それとも私は、国民の公僕として、あまねく全ての人々に「イエス」と言えばいいのか。それじゃあこっちが神様みたいじゃないか。

私は混乱しながら受話器を取り上げた。中泉商会ではない、内線だ。

「健康課タクシマです」

よかった。相手はベテラン保健師だ。事情を話すと彼女はきっぱりと言った。

「だったらネコミズさんが電話すればいい話ですよね」

意外だった。「そう、なん、ですか？」

「だって私たちも、今は何もできないでしょう。できそうなことがあればしますけど。まずは電話するのが先でしょう」

「私がどうして？　携帯ないんですかね」

「ないんですか？」

「そんなこと聞いてませんよ」

「じゃ仕方ないですね。ここはもう電話してあげたらいいんじゃないですか。きっと気が動転しているんですよ。市役所の中のこともよく知らないから誘導もできないだろうし」

「ああ、なるほど」

「ちょっとネコミズさん、寝ぼけてないですよね。いつもらしくないなあ」

「なんでですか」つい声を大きくしてしまった。

「前はもっと人がいい感じだったのに」

「……そうですかね」

　私は内線を切り、外線をかけ直した。

「はい、中泉商会でございます」

「酸素を持ってきていただきたいのですが」

「はい、どちら様にですか？」

「バンノウ市役所です」

「じゃなくて、どちら様宛てに、ですか？」

　名前、聞いてなかった！

　私は電話を保留にして走った。並んだ待合椅子の一番後ろの席に、うなだれている旦那さんと、横にぴったり寄り添っている奥さんの姿を見つけた。私は叫んだ。

「お客さま！　お名前を！」

旦那さんの横にはタクシマさんが到着していた。酸素濃度を測っている。

「まだ大丈夫だよ！」タクシマさんが教えてくれた。

奥さんが叫んだ。「ワタナベです、ワタナベイクオ！」

私はまたもや走って戻ると電話に覆いかぶさるようにして保留を解除した。

「お待たせしました、ワタナベイクオさんです！」

そして総務課の係長に電話をかけた。


「というわけで、業者に電話したところです」

「ふーん、そうですか」

係長が言った。あいかわらずのっぺりとした反応だ。けれどどこの人の声には、どこか落ち着きを取り戻させる何かがある。

「本当に大丈夫なんですかね、その人」

「わかりません。保健師さんに酸素濃度を測ってもらいました。今のところは大丈夫ということですが」

「どうなんですかねえ」係長が、いったん出来事をゼロベースに戻す。

「と、いうと」

「もし道路が渋滞してたら、ヤバいわけでしょ」

「たしかに」

二人で無言になった。

「もう救急車呼んじゃっていいですよ」

係長が言った。

「私が、ですか」

「いいっすよ」飄々とした声で返答する。

「ではその時は、係長に許可を」

「いや、呼んでください」きっぱりと言われた。

「これは大変なことなんで。事後報告でもいいのでそこは臨機応変に、ネコミズさん判断でいいです。どうなっても、私はその判断を支持しますんで」

「そうですか……わかりました。ちょっと様子を見てきます」

電話を切った。


私は近寄って背中ごしに夫婦に声をかけた。奥さんはなぜかものすごく驚いて飛び上がり、私に向き直った。旦那さんはあいかわらず一心に床を見ている。

「先ほど中泉商会に電話しました。すぐに向かってくれるそうです。でももし……」

するとと奥さんが立ち上がった。

「ごめんなさい、私ったら」

「いえ、こちらこそ車椅子をご用意できなくて」

そして九〇度以上身体を折り曲げて叫んだ。「もういいの！」

「でももし中泉商会があと五分程度で来ないようであれば、こちらとしては救急車を呼ばせていただきますね」

「もういいんです」

そうはいかない。私は語調を強くした。

「いえ、何か起きてからでは遅いんですよ」

「いいんです、もう大丈夫なんです」

何かおかしい。

「大丈夫ってどういうことですか？」

「ボンベの目盛りを間違えて見ていたんです」

「目盛り？」

「だから大丈夫なので」

「ということは……」

「もう本当に動転していて。たまに旦那を連れてきたものだから」

「では酸素は」

「本当に恥ずかしい話で」

「では、旦那様は大丈夫なんですか」

「どうして「ない」と思ったのか。ええと今朝はあれとこれをして……」

どうやら、もともと話が噛み合わない人らしい。

「では中泉商会は」

「呼ばなくてもいいです！」

やっと話が通じた。

「さっき電話しちゃいましたけど」

「もういいんです、もういいですので！」

ですのでって、その先はどうするの。

「では私は案内に戻らせていただきます。申し訳ないんですが、キャンセルの電話はワタナベさんの方からお願いできますか」

「ええ、ええ。そうします、そうします」

奥さんは半泣きで何度も頷いた。


さっきまで大騒ぎだったのに、ウソみたいに解放された。しかし今度は、じわじわと後味の悪さが胸に広がってくる。

大変な目にあっている人に対してちょっと冷たかったかもしれない。「よかったですね」「大変でしたね」フォローの言葉くらいかけた方がよかったか。せめて最後にキャンセルの電話くらいかけてあげるべきだったか。

　こういうことが気になる時は、決まって苦情が来る。こちらに自覚がある時は、相手も同じ気分になっている——ここに来て再三再四学んだことだ。これは久々にやらかしたか。空腹ってダメだな……ふらふらとカウンターに戻ると、すでにエンヤマさんが座っていた。時計を見ると一二時五九分だった。

「お昼、行ってきます」

　どっと疲れた。


　昼休みを終えて戻った私に、開口一番エンヤマさんが声をかけてきた。

「午前中に対応してもらったっていう女の人が探してたよ」

「え」

　きっとワタナベさんだ。まだ何かあったのだろうか。

「ご夫婦でしたか」

「うん。お昼休みですって言ったらまた来ますって」

　ああもう絶対やらかした。一難去って我に返った時、人は抑圧していた感情が爆発する。「さっきの態度はない」このタイプの苦情だ。でも対応自体は間違ってはいなかったはずだが。こちらも専門家じゃないし、できることはあれくらいだ。しかしもう少し気持ちよくできたはず。空腹が満たされた今、思い返して後悔した。奥さんはきっと私の態度を非難しに来る。

ま、しょうがないか。

まな板の鯉のごとく開き直って、誰が来るか分からない人を待った。


三〇分くらいすると二人組が近づいてきた。

やはりワタナベさんだった。

「先ほどは申し訳ありません」私が先んじて話しかけると、

「さっきはごめんなさいね。電話かけさせちゃって」

奥さんはそう言って頭を下げた。

怒られるつもりで背中をまるくしていた私は、奥さんの顔を見上げた。

「い、いえ私は……」

すると突然、目の前にラクダ色の物体が現れ出た。

「良かったらこれ飲んで。さっきは本当にありがとう」


ホッとまろやかミルクカフェオレ「ボン・ボヤージュ」


缶コーヒーだった。

「いえあの、結構です！　本当に何もお役に立てませんでしたし！」

見てのとおり雑な対応だった。電話一本かけただけ。

「本当にごめんなさいね、イヤだったでしょう」

そう言って奥さんは微笑んだ。

私は、子供が母親に謝るみたいにわーんと泣き出しそうになった。気丈に介護している奥さんがミスをした時、優しい言葉ひとつかけられなかったこと。動揺が収まらないのを知りながら、これ以上は嫌だとキャンセルの電話をかけさせたこと。思いやりが欠けていた。

「あの、公務員は、こういうものはもらえないのでして……」

モゴモゴ言っている私に、ワタナベさんが言った。

「いいのよ。それでも「してくれようとした」じゃないの」

エンヤマさんが目くばせして訴えてきた。何だか知らないけど、ここはもらっといた方がいいんじゃないの？

私は頷いた。恐縮しながら両手を伸ばし、目の前に置かれた缶コーヒーを、うやうやしく持ち上げた。

「ありがとうね」

ワタナベさん夫婦はもう一度そう言って、市バスで帰っていった。

「もらっちゃったもんは仕方ないですけどね」

就業後、課の給湯コーナーで係長に顛末を話した。缶コーヒーも見せた。

「有難く、頂戴すればいいんじゃないですかね」

そう言って係長は冷蔵庫を開けた。自分のカップに、課で共同購入しているアイスコーヒーをドボドボと淹れる。「なんなら俺が飲んでもいいっすけど」

「いえ、これは私が飲みます！」

係長はアイスコーヒーを一口飲んだ。

「ネコミズさんて本当にマジメですねえ。あ、これはいい意味で言ってるんですけど」

全然マジメではない。マジメなフリをしているからしんどいのだ。

「いえ、善人ぶってます」

係長が笑った。「そんなことないですよ」


結局家には持ち帰ったが、缶コーヒーは飲まなかった。それは冷蔵庫に入ったままだった。しかし扉を開けた正面に見えるように置いていた。


その日から市役所を辞める日まで、冷蔵庫は神棚みたいにになった。御神体はワタナベさんの缶コーヒー。どんなに食材が詰め込まれても、中央に置いた缶コーヒーだけはそこから動かさなかった。冷蔵庫を開けるたびに目に入る小さな茶色い筒。嫌なお客さまにチクチクやられるより何倍もワタナベさんがしてきたお礼の方が数段身に堪えた。「北風と太陽」という童話の旅人になった気分だ。冷蔵庫を開けるたびに「共感すらできなかった後悔」を身体に刻む。

こんな気持ちになりたくないなら、もう全力でやろう。

その缶コーヒーを飲んだのは、役所を退職した次の日である。

第十話　二〇一八年・梅雨
「不思議の国の女の子――ヘンなくらいがいいんです」

また朝が来た。来てしまったというべきか。たった昨日の夕方まで座っていた場所で、数時間後にはまた同じ場所から流れる世界を見ている。

今日は朝イチで歯磨きしながら入って来た人と、三角に切ったスイカを白いお皿に乗せて食べながら証明書を待っている人がいた。しかもどこかで見たことあるなと思ったら二人とも町内会長だった。狂ってる。予定表を見ると、これから地域部会の会議があるらしい。

今日も今日とて変人ばかり。変わりなしだ。


何年もここで定点観測していると、まともって、普通って、いったい何だろうと思えてくる。それどころが、最近はむしろ、私自身がこういう「変さ」を求めているようで、怖い。私は本来、半端者だ。自覚はある。一生懸命勉強したり、仕事したり、遊び狂ったりが、できない。いつも世界の裂け目にいて、両者にはさまれた皮膚をヒリつかせながら、それでもゆらめく自由さを愛しているのだ。だから臨時職、非正規、つまり「フリーター」としての人生を選んでいるのだと思う。自分の本質はなんてそうそう変わるものじゃない。それでもひとつわかったことは「勝ち負けにこだわること」は本当に疲れるということ。うまく言えないけれど、私もお客さまも、もっとお互いがラクに関わることができたら接客業も少しは楽しくなるだろうに。お客さまが神様のこの日本では、永久に不可能かもしれないが。

あれこれ空想していたらお昼になってしまった。今日は「話しかけられない日」だ。エンヤマさんも朝からろくに声を出す機会もなく、先ほどランチに出て行った。

多くの人が行き交う昼休みの市役所ロビーで、私はまた放心した。入り口から入ってくる「顔」たちと用事を終えて出て行く「背中」たち。まるでヘッドライト、テールライト。旅はまだ、終わらない……要するに退屈だった。

くすくす、

背後で子供の笑い声がした。かなり近くで聞こえる。

くすくすくす、

まただ。子連れなんて来ただろうか。空腹で眠くなってもきたし、別に子供が市役所に来ているのは珍しくもないので、私は正面を向いたままスルーすることにした。

　ククッ、
　でも、どんどん近くに聞こえてくる。

　ウフフフフ、
　もしかしてすぐ後ろに来てないか？　振り返ると目が合った。栗色さらさら髪の小さな女の子が、至近距離でチェシャ猫のように満面の笑みを浮かべていた。

「ぎゃははは！」

　奇声をあげて一目散に逃げて行く。そしてワンストップ窓口の待合椅子に腰かけている祖母らしき女性の膝の上に、もぐるように顔をうずめた。

「ばあば、見つかっちゃった！」

　まあいいか。私は前を向いた。

　くすくすくす、
　再び背後で声がした。振り返ると、今度はすでに私の真横に張り付いている。
「ギャー、アハハハ」
　またも祖母のところに駆け戻って行った。自分で寄って来るくせに見つかると逃げる。子供が大好きな遊びだ。しかしさっきの椅子に「ばあば」はいなかった。ワンストップ窓口で、持参した大量の書類を広げながら熱心に話し込んでいる。女の子は身を隠す場所を失って、その場に棒立ちになっていた。

「ばあば」の話はなかなか終わらない。察するに、身内の葬儀後の手続きだろう。ご主人かも。そんな大人同士の会話の中に小さな女の子は入れない。窓口をうらめしそうに睨んで足を掻いている。ついに両手をぶんぶん回し、たらんたらんと足を引きずりながら私のところにやって来た。さっきのハイテンションなど最初からなかったようだ。退屈を全身で表現している。

「おばあちゃんと来たの?」

聞いてみた。まず同伴者は誰か、何かあったときに把握できるようにするためだ。女の子は無言で頷いた。私はさらに調査にかかる。「何歳?」

「五さい」

大人って、どうして子供の年齢を真っ先に聞いてしまうんだろ。私自身は、とりあえず年齢に即した対応がしたいから、というのもある。三歳なら三歳、五歳なら五歳なりの対応がある。五歳児が三歳児のような扱いをされたら不服かもしれないし、少なくとも私はそういう子供だった。

「幼稚園行ってるの?」

女の子は頷いて少し口を尖らせた。

「じゃあさ」

私はA4用紙を取り出して鉛筆で大きな雲を描き、その鉛筆を女の子に渡した。

「続き描いてよ」

女の子は三秒ほど私の顔を見ると、弾かれたように記載台めがけて走り出した。そして椅子に座ると、情熱的に鉛筆を動かし始めた。全身で「その話、乗った」と言っている。

長い鉛筆の先が小さな手の上でひらひらと揺れている。すぐに椅子から飛び降りると紙をぐっと紙を突き出してきた。雲から点線がいくつか伸びている。もっとたくさん描くかと思った。これでは時間稼ぎになりゃしない。こうなったら仕方ない。

「雨か」私はその雲の上に太陽を覗かせた。「はいどうぞ」

彼女は目を輝かせて紙をひったくると、記載台に走っていった。

それにしても、ここで描かないのはどうしてなんだ。制作過程は見られたくないらしい。何だか知らないが、本人には本人なりの道理があるのだろう。彼女が差し出した紙を見ると、大小のヨットが描いてあった。

「二つのヨットかな」

「そう。これがカリンので」彼女は大きいヨットを指さした。

「これがお兄ちゃんの」小さいヨットは兄の分らしい。吹き出した。

「お兄ちゃんて、いつもパパとママに怒られてるの」

唐突に話題が変わった。

「どうして？」

「遊んだおもちゃ片づけないから」

「ねえ、そういうときってどうするの」

五歳の知性を試してみたくなった。女子会の話題みたいだ。

「そんなとき？　カリンは、黙ってる」

「さすがー」

私の妹もそうだ。私と違って、幼い頃からマズい時に存在を消す術をわきまえている。

「あとね、ランドセルは水色がほしいの。お兄ちゃんは青だから」

またしても話題変更だ。

「水色が好きなんだ。あと好きな色は」

「むらさき」

「どっちもいいよね」

雲、雨、太陽、船とヨット、波、唐突にリボン、キャンディ、ケーキ、それらをぐるりと囲んで大きな袋、お兄ちゃん、のカバン、の模様の水玉と、たくさんの水玉をつなぐ線……もう何度、記載台を行ったり来たりしているのだろう。コピー用紙の余白はあっという間に埋まっていった。

最初に飽きたのは私だった。彼女はそれを察したのか絵を描くのをやめ、突然カウンターの扉をこじ開けようとした。こちらに入ってこようとする。私は扉をおさえた。

「ちょっ、ここはダメだから」

慌てて静止すると、彼女は力をゆるめた。そしてあからさまにシュンとした顔をして、がっくり肩を落としてみせた。

「ここはお仕事する場所だから」

私が目を見て言うと、彼女は目をまっすぐに見返してきた。茶色い瞳と白目の澄み具合が清らかで、思わず息を飲んだ。でもここはきっぱりと言わなくてはいけない。

「ここに入ったらお仕事しなきゃいけないの。カリンちゃんはまだお仕事しないでしょ」

彼女はぷうっと頬をふくらませた。急に大人と子供同士に戻ったのが癪にさわったらしい。「じゃあカリンもお仕事する！」そう言ってのけた。

「は？」

「お仕事するから中に入る」

「それはちょっと待って」

私は背後に思いっきり視線を振り向けた。ワンストップ窓口にいる「ばあば」の姿を探す。「ばあば」は立ったままの証明書受け取りカウンターではなく「長居席」と呼ばれる別の席に座っていた。これは長いな。葬儀後の鬼の書類集め確定だ。いろいろ複雑な家系なのかもしれない。

おそらく「ばあば」は、孫が私に遊んでもらっているのを知っている。だから安心して私に孫を預け、自分は自分の用事にゆったり専念しているらしい。役所の待ち時間なんて、幼い子供にはつぶせない。待合にキッズスペースがある役所もあるが、バンノウ市にはまだない。

「カリンちゃん」

私は変なアイディアを思いついた。まあ彼女が本気でノッて来るとは思えないが。

「ここに来たらお仕事しなくちゃいけないの。元気に挨拶にしなくちゃいけないいんだけど、カリンちゃんできる？」

「うん、できる！」即答だった。

私はカウンターに彼女を迎え入れると、エンヤマさんの席に飛び乗って来た。


「こんにちは」

「コンニチワ！」


「こんにちは」

「コンニチワ！」

「こんにち……わ！」びっくり顔をした紺の制服のお姉さん。そばに寄って来て、

「これ、撮影ですか」こっそり私に聞いてきた。

「違うんですけど、こうなっちゃって」

「へえー」お姉さんが笑いながらカリンちゃんを見下すと、彼女は「何か？」すまし顔で頭を上げ、見つめ返している。大人に茶化される覚えなどないって顔だ。


「こんにちは」

「コンニチワ！」

「あら、どうしたの～」

今度はおばちゃん集団に囲まれた。

「ご家族の方が手続き中で、退屈そうにしてたものですから」

「あらー」「あらー」「あらー」大合唱だ。

「元気に挨拶できて偉いわねえ。あなた、合唱サークルの申し込みはどこかしら」

「教育委員会ですので三階左手奥でございます」私が答えると、

「コンニチワ！」カリンちゃんも負けずに声を張り上げた。

「お嬢ちゃんも頑張ってね」


「こんにちは」

「コンニチワ！」

「キャーかわいい」

ミニスカの彼女が大声をあげた。マイルドヤンキー風の彼氏がとなりにいる。

「見て見てかわいいかわいいかわいい……子供かわいいよね」

子犬のようにまとわりつく彼女に彼氏の方は「まあそうだね」と、そっけない。

「何その言い方」彼女の声がとたんに低くなる。

雲行きがあやしいぞ……私はカリンちゃんを見習って、すっと存在を消した。

「ネコミズさんお昼どうぞ、ってビックリしたあ」

最後にびっくりしたのは自席を占領されたエンヤマさんだった。

「どうしたの、この子」

「そこのおばちゃんのお孫さんで。これでもそうとうヒマをつぶしたんですけど、もうしょうがないからお仕事を……」

でも、まもなく一時だ。どうしよう。

「カリンちゃん、もうすぐお昼休みでご飯を食べなくちゃいけないんだけど」

私がそう言うと彼女は「?」という顔をした。

「良ければ私が見てるよ」

エンヤマさんには去年生まれた初孫がいる。

「じゃ、行こうかな」

私はカウンターを立った。

「カリンちゃん、今度はこのオネエサンと一緒にお仕事できる?」

「うん!」

私たちは交代をした。


昼休みが終わってカウンターに行ってみると、エンヤマさんが一人で座っていた。いつもの光景なのにちょっと寂しい。

「あの子どうしました?」

「あれから一〇分もしないうちに手続きが終わって帰って行ったわ」

「そうでしたか」

「なかなか賢い子だったわね」

いつものように二人で並んで座る。さっきまでそこにいた若くて軽い生命体はいなくなり、大人の重量感だけが残った。その圧迫感ったら。可笑しくなった。

「でも最後はちゃんと、子供らしく帰って行ったんだよ」

エンヤマさんが笑った。

「どういうこと？」

「おばあちゃん、用事が終わってここに来たのね。『スイマセン、遊んでもらって』って。そのままカリンちゃんを連れて行こうとしたら」

「したら？」

「帰りたくないってグズり始めて。もっと友達と遊ぶってギャン泣き」

「トモダチかあ」

「そしてそのまま強制連行」

「かわいいような、かわいそうなような」

「まあね。もとはおばあちゃんの用事だから、あの子にとってはヤボ用に付き合わされたようなもんでしょ。おばあちゃんがあの子に『お待たせしました』くらい言わないとね」

エンヤマさんの言うことはいつも的を射ている。大人とか子供とか抜きで、人間関係の本質を突く。私はご褒美にお菓子を買ってもらって喜ぶカリンちゃんを想像した。

次の日、投書が回って来た。他課の要望に混じって私たちにも二通届いていた。

今日小さい子が受付に座っていてかわいかった

職場体験をしていた子の挨拶が元気よかった

「いや職場体験じゃないし」エンヤマさんが面白がっている。最近は私たちに向けた投書がめっきり少なくなっていた。

その日、お昼休みを終えてカウンターに戻った私に、エンヤマさんが待ってましたとばかりに言ってきた。「あの子、さっき来たのよ」

何でも「ばあば」に足りない書類があったらしい。

「おばあちゃん、わざわざここへ寄って、昨日はありがとうございましたって挨拶に来たのよ。すごい律儀な方よねえ」

カリンちゃんのばあばらしい。要領がいいが可愛げもある。

「カリンちゃんいましたか」私が待ちきれずに聞くと、「来たんだけどさあ」ちょっと意味ありげに答えた。そして思い出し笑いをしながら教えてくれた。

「昨日あんなにしっかりやったのに、ラストは子供まる出しで大泣きしてスイマセンでしたって顔で。お恥ずかしいところをお見せしましてみたいな顔で、今日はすっかり照れて大人しくなって、おばあちゃんの後ろに隠れてたわ」

「かわいいねえ」

「だからあの子に、昨日はお仕事してくれてありがとうって言ったの」

「そしたら？」

むっつりしながらゆっくり頷いたのだとか！

「当然だろ」

そんな表情をしていたらしい。その自己肯定感、見習いたい。

第二話　二〇一八年・真夏
「歴男・歴女――人に歴史あり」

　夜中に歯痛で目が覚めて、朝イチで歯医者に駆け込んだ。虫歯かと思ったが、どうやら噛みしめすぎによる歯肉の炎症らしい。最近、専門店のフランスパンにハマっていて、毎夜食べていたのが悪かったか。応急処置で消毒されて化膿止めを受け取ると、そのまま市役所に向かった。

「ネコミズさん、今日エンヤマさんいないので、悪いけど一人で」

　遅い出勤のため急いでロッカーに行こうとした私を、係長が廊下まで追ってきた。

「実はエンヤマさん、朝イチでお客に怒鳴られて、泣いて帰っちゃったんですよ」

　あのエンヤマさんが、怒鳴られて帰った？

「ネコミズさんも来庁者に因縁つけられたらすぐここに逃げてきていいですからね。あの場所、危険って言ったら危険なんで」

「あ、はい。ありがとうございます」

　いったい何を言われたのだろうか。よほど傷つくことを言われたんだろうな。そしてちゃんと復活してくれるだろうか。そのまま辞めたりしないよね。それだけは嫌だ。

たしかに、誰しも不用意に触られると飛び上がるほど痛い心の急所がある。普段は何となくそこに触れないよう、さりげなくかばっている場所。今まで酷使してきたせいで、すり切れて弱くなっている場所が。何がエンヤマさんをそこまでさせたのだろう。


痛む歯を我慢しながら、何とか無事に夕方まで持ち込んだ。私は少し気をゆるめ、カウンターに座ってロビーのラックに入っていた催事のチラシをチェックしていた。いつか「ふれあいコンサートのチラシあるかしら」「市民芸術祭の尺八の部っていつだ。知り合いが出るんだが」と聞かれたことがあり、ラックに入ったチラシや予定の類は全部チェックするようにしている。四年ともなると、備えも半端ない。

『稼げる人材になろう』

そんなタイトルのセミナーチラシを見つけた。最近「稼げる〇〇」という言葉をよく目にする。先日もここで正規職員向けにそんな感じの研修があったようだ。「稼げる市役所になろう」あれはどんな研修だったんだろう。

「あ、駐車場におじさん寝てましたよ」

玄関から入って来た子連れの女性が、私にそれとなく声をかけて歩いて行った。

「へーおじさんが」私はチラシを手から離した。

「外で寝てるんですね……はい？」

あまりにもナチュラルなトーンで言われたので、危うくスルーするところだった。八月の午後に？

慌てて席を立って女性を追いかけた。女性は記載台にいた。

「ど、ど、どこらへんにいましたか」

「すぐ前の駐車場ですけど」

そう言って女性はすぐ申請書の記入に戻った。あまり関わりたくないらしい。


私は受付をそのままにして駆け出した。外に出たとたん息が詰まった。今日は最高気温三九度になったはずだ。夕方なのに昼間の熱気がまったく衰えていない。

駐車場の奥に影が見えた。人が転がっているようだ。

転がっているのは作業着のおじさんに見えるが、どうだろう。しかもバッタリ倒れている訳ではなかった。仰向けに寝転がっているが、なぜか両足を宙に向けて伸ばしている。両手は頭を抱えていた。近づいて見下ろすと、大汗で額に白髪がぴったり張り付いていた。しかも「おじさん」かと思ったが、「おじいさん」だった。

「大丈夫ですか！」

濁った目は開いているが反応がない。

「立てますか、木陰まで動けますか」

「俺、何しにきたっけ……クルマで来たはいいんだけどな、健忘症かな」

しゃがれ声でつぶやいた。

「とりあえず、ここにいるのは危ないので！」

引っ張り上げようとしたが、意外にガタイがいい。倍くらいの体格の男性を私が動かせるはずがない。私は走って庁舎に戻った。そして傘立てから放置されていそうな黒い傘を抜き取って、おじさんの頭の脇に立てかけた。

それにしても暑い。数十メートル走っただけで異常なほどの汗が噴き出て来る。私も限界だ。

「誰か呼んできます」

目眩がする中で庁舎に戻った。

カウンターの電話を取り上げて、総務課の内線番号を押す。

「駐車場で男性が倒れてます、手があいてる男性三人ほど！」


バタバタと三人組が走って来た。トビタさん、ハヤテさん、ヒョウドウさん。普段は運転手として働いているが夕方だったので退勤時間まで机で待機していたのだ。彼らは定年後の再雇用職員だ。

この三人組は、いつも総務課でコントみたいな冗談の言い合いやつつき合いをしている。ひととおり過酷な現場をやり終えた余裕がそうさせるのだろうが、時々やりすぎて若手にうるさがられるものの、何やかんやで頼りにされている人たちだ。

おじいさんはその姿勢のままで三人に持ち上げられ、一階ロビーに担ぎ込まれた。空調がよく当たる位置を狙って横にさせられている。

ロビーにいた人たちが「なになに」「どうしたの」「熱中症？」などと囁いてはいたが、数人を除く多くの人たちは近くには寄ってこなかった。世の中には思わず我が事として駆け寄るタイプもいるが、見に行かないことで場が混乱するのを避けるタイプもいる。単に興味がない人が一番多いか。

それにしてもトビタさんとハヤテさんの手際がすごくいい。

「大丈夫ですか。お水飲めそうですか」

顔の近くで呼びかける元消防のトビタさん。

「お手伝いしますから、まず作業着を脱ぎましょうね」

まず上着を脱がしにかかる元介護施設長のハヤテさん。

「名前は？　住所は？」

その中で、一人ポケットからメモ帳を取り出すヒョウドウさん。

吹き出しそうになった。案の定おじいさんはポカンとしている。てんでバラバラの指示を飲み込めず、口を開けて固まっていた。そりゃそうだ。三人とも前職のやり方を一斉に始めたらそうなるだろう。

「ちょっと、そこどいて！」

保健師のタクシマさんと若手のサカウエさんが割って入ってきた。保冷剤と濡れタオルを持っている。「まず冷やさないと」

タクシマさんとサカウエさんとともに、トビタさんとハヤテさんは作業着を脱がしにかかる。汗でぐっしょり濡れた作業着の下はいきなり裸だった。みんなで首と脇下と鼠径部を冷やしにかかる。

四人で十分そうだと思っていたら「あとの二人はいいよ」

その通りにタクシマさんに言われ、私とヒョウドウさんは離脱した。

総務課に戻る途中、いきなりヒョウドウさんが手元のメモを読み上げた。

「タナカヤスエイ」

「なんですか、それ」私が尋ねると、

「あの人の名前」と改めてメモを読み上げた。

「何で知ってるんですかそんなこと」

「作業着の胸ポケットに免許証が入ってた」ニヤリと笑った。

「いつのまに」

普段はボケ担当のヒョウドウさんだが、元県警なので身元の確認はお手のものだ。

「しかも免許証の有効期限、切れてた」

「はあ？」私はヒョウドウさんのメモをのぞき込んだ。

書き取った生年月日をしばらく見つめた。何度計算しても九四歳になってしまう。せいぜい七〇代くらいだと思っていた。私たちは顔を見合わせた。身長も一七〇センチくらいはある。当時は超高身長だったはずだ。ここまで車で来て、しかも免許更新にすら行けてないと見た。

乗っていたのが軽自動車（市税）でよかった。税情報をもとにナンバーだけ教えてもらい、駐車場に行ってタナカさんの車を探した。古い軽トラだった。

サイドウインドウから中を覗いた。工具箱、はさみ、ロープ、色とりどりのケーブルに混じって、カマ、まさかり、ナタ、斧。さすがに現役ではないだろうが、どれもこれも危なすぎる。
同時進行で、ケースワーカーも家族に連絡していた。同居している息子が迎えに来るらしい。私は総務課でレスポンスを受け取ると、コンシェルジュカウンターに戻った。

さっきまで見ていた催しもののチラシがカウンターの上に散らかっている。一番上にあった『稼げる人材になろう』というチラシをまじまじと見た。稼げる市役所なんて、市役所機能のほんの一部だ。多くは市民からの住民税で成り立っていて、その大半は「稼げる」というワードでは割り切れない不合理な部分を受け持っている。そして私はコンシェルジュという、いかにもラグジュアリーな名前を冠しているが、実際にやってることは「稼げない」業務——人助けそのものだ。

閉庁したタイミングで医務室に寄ってみた。
「とにかく無事で良かったですね」私は寝ているタナカさんに話しかけた。
その枕元に、水滴が滲んだアクエリアスが置いてあった。
「さっき見に来た市民の方が自販機で買って渡してくれたんですよ」
サカウエさんが言った。
タナカさんは終始無言だったけれど、瞳の奥には力が戻っていた。

翌日、エンヤマさんは申し訳なさそうに、ではなく、鼻息を荒くして出勤してきた。

「昨日はごめんなさい。でも聞いて、ホントに頭に来たの」

聞けば、間違った認識のまま間違った書類を取ろうとしていた派手なネクタイのおじさん、ちょっとワンマン社長ふうな男性にやんわり訂正したところ「うるさい！お前は黙って案内すればいいんだ」と怒鳴られたというのだ。

「それで心折れて？」

エンヤマさんは「違うのよ」と言った。「言い返しちゃったの」

「いいえ、それではお客様のお金が無駄になってしまいますって」

「そうしたら？」

「無駄でいい、俺の言うことを黙って聞けばいい、だって。そして言うのよ。「女のくせに生意気だ、これで勝ったと思うなよ」バカじゃないのかしら」

「ああバカですね」こんな時にブーメランが。あいたたた。

「もう知らないわ。勝手にどうぞって思ってさ」

なるほど。実はちゃっかり正しい書類取って帰ってたりして。

「でもだんだん悲しくなってきて泣きそうになっちゃって。ここにいるのは無理だと思って、帰っちゃった」

「傷つきますよね」

「っていうか」エンヤマさんが前を向いたまま言い直した。

「トラウマが蘇ってきたんだと思う。結婚してから一〇年以上、舅にさんざんいびられてきたから。いつも言われてたの、女のくせに生意気だって」

おじさんのひと言は、エンヤマさんの急所だったのだ。

「投書、されちゃいますかね」

私がおずおずと聞くと、エンヤマさんはきっぱりと言った。

「投書するならすればいいわ」

一緒に仕事して四年、はじめて見たエンヤマさんの凛々しい顔だった。

第一二話　二〇一八年・晩秋〜二〇一九年・初夏

「雑踏のグルーヴ――お客さまが神様から人間に戻った日」

二〇一九年、初夏の金曜日。

午前一〇時。じりじりと増してくる部屋の気温に耐えきれなくなって、ようやく布団から我が身を起こした。スマホの動画を流しながら冷やしうどんを食べてテレビを見た。そして三時にアパートを出た。

ツキナミ駅から電車に乗ってバンノウ中央駅に出た。セレクトショップに寄ってハンガーをいくつか揺らし、手近なカフェに入った。四時半だ。約束の時間まで一時間以上ある。期間限定の甘いアレンジコーヒーを飲んでしまった。甘すぎて最後まで飲めない。

五時半になるのを待って店を出た。市役所もちょうど閉庁時間だ。

市街地のカフェからバンノウ港に向かって一五分ほど歩くと、約束の場所であるウォーターフロントの展望ホテルに到着した。

三階のフロントまでは、吹き抜けからの直通エスカレーターで行く。高度が上がるにつれて地上の喧騒から引きはがされていく。フロントに着く頃には反復的なエスカレーターの作動音だけが響いていた。天上はいつだって静かなものだ。フロント脇の展望エレベーターに乗り換え、最上階まで一気に上る。

エレベーターの扉が開くなり、わっと喧騒が飛び込んで来て、バーベキューのにおいが充満していた。私は見知った顔の集団を探した。遠くからエンヤマさんが立ち上がって手を振ってきた。総務課の面々も集まっている。彼らはいつも仕事場で見る服装だ。私とエンヤマさんだけが、バカンスみたいな恰好をしている。ここぞとばかりに二人して浴衣でも着れば良かったか。

「ネコミズさん、ここだよー」

席に着くと、花柄の小さな席表にメッセージが書かれていた。

エンヤマさん・ネコミズさん
お疲れ様でした@展望ビアホール

見渡すかぎりの海と談笑。喉の渇きにまかせて乾杯の生ビールを勢いよく飲みすぎた。序盤だというのに世界がゆらゆら揺れている。シーフードで山盛りになった皿と冷えた白ワインを前にして、太陽が沈んでいく海を見つめる。またしても、あの感覚におそわれた。

「私、何でここにいるんだっけ」

ああそうだ、終わったんだ。あの日々は完全に終わった。たまにこうして言い聞かせないとまるで実感が湧かない。もう七日も言い聞かせている。

終わってしまうと早いものだ。すごく昔のことのように感じる。メンタル病むか、誰かに呪い殺されるかと思ったけど大丈夫だった。生きてる。

「ちょっとネコミー、やだあ、黄昏れてる」

年下の同僚の、甲高い声が耳にキーンときた。

「黄昏てて何か文句ありますか？」私は開き直って切り返す。

「ないです、じゃ気のすむまで黄昏れてください」

彼女はそう言ってビールを一口飲み、

「でも寂しいです。辞めてほしくなかったです」

私の肩にもたれかかってきた。朝晩の挨拶とランチ以外の時間は総務課にいなかった。それでも五年も経てば雑談したり相談したりされたりが増えていった。今回の職場ばかりは、上っ面を取り繕って何とかなるような部署じゃなかった。しんどさのあまり、自分の悪いところや汚い泣き言を剥き出しにしてしまった。でもそれが、今まで経験したどの職場よりも私の全体像をまるごと受け入れてもらえたような、実存として信頼してもらっている心地良さをもたらした。

もちろん総務部長や上からの評価はない。そもそも臨時職員に「評価」もない。実際は責任を負わされながらも責任などないようなことを言われ、職員録に名前すら載らない半透明の私たち。彼らには未熟な私が無駄にあがいているようにしか見えていなかっただろう。実際そうだったのだからそれもまた真実だ。

「ほんと？　辞めてほしくなかった？」

「はい」

「嬉しいねえ、そう言ってくださるのは」

しかしシュンとした空気になって、お互いに黙ってしまった。いくら退職を惜しんでも白々しい。

契約は五年だ。それ以上は何人たりとも伸ばせない。どんなにお悔みの言葉を言っても、このルールは変えられない。

「あそこまでやって終わりなんて、おかしいですよね」

それでも振り絞るように言ってくれる彼女だが、私が最初に来た頃は「コンシェルジュって何するの？」って顔をしていたよな。

「だよねえ」彼女の言葉に乗った。もう言うだけ虚しいが。

「エンヤマさんとネコミズさんは、市役所の門番だったんだから」

他の職員も割り込んできた。

「そうですよ、だから僕たちは安心していられたんです」

「最後なんて、ホントに頼もしかったですよね」

「どっしり感が半端なかった」

「それって体重のこと?!」エンヤマさんがすかさずツッコむ。

「違う違う！」誤解を招いた職員がかぶりを振った。

「目が違いましたよ目が。タカの目してました」

「でも最初はすっごく大変そうで。二人とも今とまったく顔が違いましたよね」

私と同年代のメガネ男子（趣味は美術館巡り）がそう言ってきた。彼は他人の感情によく気がつくタイプだ。しかし病むほどに気がつくので一度うつ病で求職したことがある。

「最初はメンタルがズタボロでしたよ」とエンヤマさん。

「ストレスチェック、毎年最高点を振り切ってましたよね」と私。

そこへ係長が口をはさんだ。「それでよく辞めなかったですよねえ」

私とエンヤマさんは思わず顔を見合わせた。

「そうじゃないの。逆に辞めれないのよ」エンヤマさんが言った。私も同感だ。

ひどいストレス状態にある時、そこから去る、辞める、という発想すらできなくなる。仮に思いついたとしても、すでに実行に移せるだけの燃料すら切れている。さらに、こんな状態で転職してもこれ以下の職場に当たる可能性もある、それならここでひたすら耐える方がいいと潰れ切ってしまうまで耐えてしまう。

エンヤマさんが、赤くなった顔の前でとどめを刺した。

「でもアタシ、もう門番はゴメンですからね～」

「そ、そうでした！　これ以上は頼めませんよね」

「……いやあ本当に、お疲れ様でした！」

誰もが頷いた。いいところに落とした。頼むも何も、あの場所の特殊性はここにいる誰もが知っている。彼らは私たちの五年間を見てきたのだ。

しかし、その時、私には十分な余力が残っていた。

こういう雰囲気の中で誰にも言わなかったけれど。


雇用期間の大半を溺れるように過ごしてきた。自分のリズムで呼吸できず、何をどうお礼を言われてもピンと来ない。そしていつ攻撃されるかわからない危機への恐怖。

「お客様の感謝は、明日の私のエネルギーです」

接客業を生きがいとする人ならば、当然あっていいはずの感情。嬉しさ、やりがい、温かさが、どうやっても実感できない。それどころか、どれもこれもウソくさくて沁み入ってこない。感謝が自分の養分になっていない。こんな人間はよほど冷酷か鈍感なのだろう。

「この人、接客業に向いてない」

これが自分の全てだ。

折にふれては思い出す、私の根っこの部分を言い表わす言葉。もともと小説なんかチマチマ書くような、妄想癖で人間嫌いな人種なのだ。


しかし退職まで一年を切ったあたりだろうか。そんな私の心の壁をあっさりぶち壊して来たおじさんが現れたのだ。カスカスだった私の心に、急に燃料がチャージされ始めた。しかしそうなると、皮肉なことに時間は急に早く回り出す。だから残り一年のお客さまとのことは、滑らかすぎてほとんど覚えていない。嫌なお客との思い出は今でも鮮烈に蘇ってくるのに。

楽しく過ごした時間ほど短くて忘れやすい。人は危険だったことや嫌だったことは長く憶えているようにできている。それは生存のためらしい。再び同じ危機にさらされないよう、嫌なことや大変だったことはより忘れないのだという。

だからいい。これでいい。

結果として無事に終わっただけで、いつ何が起こってもおかしくない場所にいたのだから。よかったね、もっと喜んだらいい。明日も明後日もあそこに行かなくなくてもいい。あの日々は完全に終わったんだよ？

地上数十メートルで黒ビールを飲みながら、私は黙って夜の海を見ていた。ガラスに映った自分の顔が、じっと私を見つめ返してきた。

二〇一八年・秋

その日はカウンターに座った瞬間からすでにイライラしていた。理由はわからない。月イチのホルモンのせいかもしれないし、市民ホールでやっている期日前投票への質問があまりにバカらしかったせいかもしれないし、その両方かもしれない。

「妻の分も投票して帰りたい」だの、

「ここの投票所は誰に投票したか筒抜けになっているんだって？」だの。

「すみません、一人一票です」

「投票の情報をどこかに漏らすことはございません」

この人たち、学級会とか生徒会とかしたことないのかな。

子連れのヤンママがすごい勢いで詰めて来る。

「主人が誰に投票したか、会社に連絡って行くものですよね？」

「行きませんから、大丈夫です」と答えても、

「いや普通は連絡いきますよね！」と諦めない。

行くかっつーの。

「何かあったのですか」逆に尋ねると、

「旦那が間違って会社が言う人と違う人に投票したって言うんで、今から直したくて！」

直せるかっつーの。


バンノウ市民、どういう民度なんだコイツら。

役所に入った時「絶対に忘れない」と誓ったこと。ずっと市民の気持ちを忘れずにいること。んなことできるか。そんなものは単なるビギナーズラックだった。小説なんか書いてきたせいか、自分のロマンチズムが腹立たしい。私の感情は、これまでに少しずつ溜めていた灰色の砂粒でいっぱいになっていた。そして今、何だか静かに溢れたみたいだ。

もうムリ。

突然知らない人に怒鳴られるし、昨日だって常連のアル中おばちゃんが「水をくれ」って言うから紙コップに淹れて渡したら「お前なんか呪いの呪文かけてやる」だって。普通はありがとう、って言うものでしょう。

みんな、おかしいよ。私はこんなに大真面目にやっているのに。誰も彼も好き勝手に振る舞う。何かもう正常って何かなあ。とにかくカンにさわる。次々と現れる顔、顔、顔——私は視線だけで一八〇度見渡した。

ムカつく。

お前らもう、全員ムカつく。

さっき介護サービスについて尋ねてきたおじさんが、私の横を通りすぎた。用事を終えて帰るのだろう。どこにもいるようなタイプのおじさんだ。いい意味でいえば「害のなさそうなタイプ」。

なのにどうしてその人を覚えているかというと、実は朝イチでこのおじさんと少々やり合ったのだ。何度説明しても理解してくれない。思い込みが激しくて「いや、でも」とか「そうじゃないと思うんだけどなあ」と繰り返した。「いえお客様、それは違って」多少強めに言って一応は収まり、結果的に私の案内する窓口に向かってくれたのだが、今度はおじさんを怒らせたかもしれないとザワザワし始めた。

　いつもこんなふうに思うなら、最初から大人しくしとけばいいのに、毎回同じ気持ちになる自分自身にもいい加減に疲れた。私ってダメだなあ、いつまでも。そのおじさんが、用事を済ませてここを出て行く。私には顔を向けず、片手だけをちょっと上げた。


「はあい、どうもね〜」


　その時だ、張り詰めていた何かが壊れ、代わりに何かが「極まった」。

　脳波が急に切り替えられるような衝撃を感じ、私は脱力して椅子から崩れ落ちそうになった。さっきまで、飽和状態にあったものが一瞬でどこかに排出され、砂に埋もれていた私のコップはクリアになった。

　その声の波長には、何の怒りやわだかまりも含まれていなかった。

　私はさっきまで、何を気にして、何に怒っていたのだろう。

　記憶を抜かれたみたいに、不思議とまったく思い出せなくなった。


「はあい、どうもねー」

　頭にのぼった血が一気に下がった。いからせた肩がストンと落ちた。

　何、この素朴さ、

何、このユルさ、
何、このノンキさは！

「はあい、どうもねー」

それは何の屈託もないお礼。

そして上機嫌でも不機嫌でもないおやじ。

キングだ、あなたこそキング。

キング・オブ・普通！


「はあい、どうもねー」

世界が鮮明に見えてきた。

やって来る人々の顔・顔・顔。

よく見れば誰も怖くなかった。

世界がひっくり返った？

私は私から抜け出た。他者の目で私を厳しく、ではなく「普通」に眺めた。

これまでにどれだけの人に許されて大目に見てもらっていたのだろう。文句を言う人もいたし、キツい言い方をされることもあった。けれどその何百倍もの人が黙って見逃してくれたんじゃないか。時に私にムカつきながら、とりあえず用は済んだと言って帰っていったのではないか。

何も言わないというマナーがある。それこそ大多数の人たちの持つ優しさ、良識だ。

印象に残らなかったために忘れ去られてしまったサイレント・マジョリティの皆さま方。私は今あなたがたに、これまでの謝罪と心からの御礼を申し上げたい。


私は恐ろしい速さで、今まで一度も思い出したこともなかった出来事を再生し始めた。そのどれもがこれまで「たいしたことない」と流していたことばかりだった。

いつだったか、おばちゃんに妙な揚げ足を取られて長々と説教された。呆然とする私にそばまで来て「あんな言い方しなくてもいいじゃないね」「あんなの気にするんじゃないよ」と言いに来てくれた人がいた。「どけ、お前」と肩を押されたエンヤマさんに「大丈夫？　ひどいことするねえ」と駆け寄ってくれた人がいた。


私はもう一度人並みを眺めてみた。

美しかった。

喉とお腹に力を入れて、こみ上げる涙をぐっと抑えた。

考え方しだいでもっと早くここにたどり着けただろう。

でも仕方ない。きっと私には分厚い心の壁があったのだ。

もう私は、人から許されることに罪悪感も羞恥心も抱いていなかった。同じように、人から不本意に責められたら「不服だ」「不快だ」と感じることを許そうと思った。

自分がみるみる場に溶けていく。
このグルーヴ感、
気持ちいい！

コミュニケーションは即興セッションだ。ある時は同期して、ある時はわざと外す。でもそれは、私とお客さまが対等でなければできない。神様相手にセッションなんて成立しない。
お客さまを神様から人間に戻そう。

*

ある客足がとだえた夕方だ。誰もいなくなった玄関ロビーに、同期で記載アシスタントのキタノさんがふらっと歩いて来た。そして私にしみじみと言った。
「窓口アンケート、九割以上が「大変よい」にならないとダメだって課長が言うんだけど。私たちってさあ、いつもそんな拝まれるような接客をしなくちゃいけないのかな」
管理職の上層部が自分の評価を上げるために使うものとして「窓口接客アンケート」がある。私たちの接客態度の良し悪しは窓口課にいる上層部の評価に関わる。

「ですよね。私も普通くらいがちょうどいいと思ってます」

私はキタノさんに向き直って言った。


市役所は手続きをするところだから愛想がなくて当然、ということなのではない。でも私は、いつでも、どこにいても、どのサービスを受けても、与え手は「感謝で拝まれるまで」相手をおもてなししようと頑張らなければいけないとは思わないのだ。みんなそんなに特別扱いされなければ満足しないのだろうか。私には「普通か、ちょっと親切」くらいがちょうどいい。

ファミレスのテーブルにも、たいてい「接客カード」は置いてある。

「**大変満足・やや満足・普通・やや不満・不満**」

コンシェルジュになってからは必ず書くようになった。そして「普通」に○をする。そして「なにげなくて大変よい」と付け加える。こんなことを書く客なんてたいそう面倒だろう。「どっちなんだこの客は、満足したのかしなかったのか」

そう思われるかもしれないが、あえてそう書くのだ。「キング・オブ・普通」こそ、双方にとって最強だと知ったから。

日本は「おもてなし」文化だ。でもそれは逆に言うと、明文化されない限りは誰かに好意を差し上げたくないってことだ。

おそらく、私はこれまで冷酷でも鈍感でもなかった。スライおじさんに人生の悲哀を見て、妊婦さん相手に自分のエゴを責めもしたが、あそこまで自分を責めるほどではなかった。私の対応は相手が望んでいるタイプの接客でなかっただけだ。

公務員は公僕だ。国民の下僕だ。最初の頃に現れた「ボーナスおじさん」はそう思っていただろう。こっちは税金を払ってるんだから、職員に多少イヤ味を言うくらい、それくらいいいじゃん。いや良くない。それはおもてなしでもサービスでもない。生贄だ。

あのスリランカ人のコンシェルジュは、本当にフランクにお客さまの願いをかなえていた。けれど私は同じようにはできない。

最近またテレビで、今度は日本の一流ホテルのコンシェルジュを追ったドキュメンタリーを見た。その名物コンシェルジュと言われている中年女性は、口を真一文字に結んでお辞儀も完璧、そして日々お客様のために、右へ左へと走り回っていた。ちっとも憧れなかった。彼女を見たところで「大変だなあ」と思いはしても「ああなりたい」とは一ミリも思わなかった。私はやはりユニークでユルい世界が好きなのだ。

そして私はなぜここにいるのか、ようやく腑に落ちた。

それはお客さまを「喜ばせる」のではなく「手続きをすみやかに行ってもらう」ためだ。

＊

「ねえ、ネコミズさん」

年度末、ふと人が途切れた閉庁間際だった。ロビーに誰もいなくなった時間帯を見計らってエンヤマさんが口火を切った。あいかわらずお互い前方を向いたまま、私たちの会話はほとんど「視線を合わせる」ということがない。最初の研修以来、昼食も一度も一緒に摂ったこともない。もしいつか二人で真向かいに食事をしたらきっと照れてしまうだろう。

「ネコミズさんは……何か聞いてる？」

「何をですか」

「ほら、次の人のこと」

「聞いてないです。エンヤマさんは？」

「何も」

「そろそろ言ってみた方がいいかな」

「そう、ですね」

私たちには係長に確認しておきたい懸案事項があった。

私たちは臨時職員だ。本来後任のことなんかほおっておけばいい。たとえ気づいていても下から上にとやかく言うような立場でもないのだ。しかしロビーが混乱するのではないかという老婆心があり、どうしても放っておけなかったのだ——というのはウソだ。あっても半分くらいだ。あとの半分は、もっと腹の底の泥臭いところから湧き上がってくる「種の保存本能」のようなものだ。私たちが悩みながら模索してきたあれやこれやの経験と知識、それを誰かに受け継がなければ、これまでしてきたこと、そればかりか私たちがそこにいた存在意義がまるで無意味で無価値なものになってしまう。そんな焦りだ。

「係長、ちょっとお話できますか」

その日勤務を終えた私たちは、総務課の給湯コーナーにいる係長を呼び止めた。彼はお湯を淹れたマグカップに紅茶のティーバッグを入れて上下にゆすっているところだった。

「大変言い出しにくいんですが」エンヤマさんが切り出した。

「おわかりのように、私たちはあと三か月で辞めるんです」

係長は「ああ」と唸った。「そうでしたね。何か実感なくて」

ある日プツリとこの仕事が終わる日がやってくる。こちらも同じだ。この日だけを待ちに待っていたともいえる。ただ実感が湧かなくても、その日は確実にやってくる。そのための準備はしなくては。

「次の人、いつ来るんですか」

つまり引き継ぎをどうするか、それを聞くために声をかけたのだ。

「来るなら来るでマニュアルとか、時間のある時に作っておこうかなと思いまして」

「どんな感じに引き継ぐことになるのかなと思って。期間は被るんですかね」

私たちは様子を伺いながら切り出した。

「うーん、それがですね……」

係長はカップの端にティーバッグを押し付けて水分を絞った。

私たち三人は誰が言うともなく奥の応接スペースに向かった。そこは何か聞かれたくない類の話がある者たちが吸い込まれるようにして入っていく小部屋である。数年前、部長に呼びだされた部屋だ。私たちはビニール製の安物のソファに腰掛けた。私とエンヤマさんに向かい合うようにして係長が座る。

「ちょっと言い出しにくいんですけど、って言いながらやっぱ言っちゃうんですけど」

あいかわらずの出だしである。

「ぶっちゃけ、まだ何も決まってないんですよね」

「採用試験の予定も」

「全然ですね」

たしかに、あと三か月を切ったこの時期に募集要項すら出ていないということは、私たちが在職している間に引き継ぐのは無理だと悟った。ただ、と係長は続けた。

「実はですね、最終的にコンシェルジュは一人体制でいいんじゃないかって、そう言われてるんですよ」

何の話もないのに「最終的に」もない。すでに方針は決まっているってことだ。

「言われてるって、誰にですか?」

私たちは身を乗り出した。係長は言い淀みながら、

「まあ……市長ですかね」そう答えた。

「市長？」私は眉を寄せて目を細めた。係長はたとえマズいことも包み隠さずに言ってくれる。ただし秘密はすぐに漏らす。常々「ワタシすっごい口軽いんで、気をつけてくださいね」そう自称していただけのことはある。でもここはウソだと思った。

彼女の黒くて高いヒールが脳裏に浮かんだ。

「一人でできると思ってるんですか？」

私よりも先にエンヤマさんが声を荒らげた。

「精神的に追い込まれますよ。それでもいいんですか？」

私も援護した。さすがに一人は可哀そうだ。私はまだ見ぬ新人さんを按じた。けれどそれ以上に、ちっぽけな尊厳を守るためでもあり、理解のない内部に対する抗議でもあった。私は傷ついていた。きっとエンヤマさんも同じだろう。

浴衣でも着て、お飾り風情で立って笑っていればいいと内外から思われている窓口という業務。上層部は最低ランクの時給で働かせてもいい人間にカテゴライズしているのだ。

「ワタシもそう言ったんですけどね。だって二人を見ていれば、あそこが尋常じゃなくキツイことはわかりますから」そして声をひそめてこう言った。

「でも上はそういう考えじゃないんですよ。だったら、そこまでさせなくてもいいなら、一人で大丈夫じゃないかって。上はそういう言い方なんですよ。お二人のことを「あそこまでやらなくても

いのに」って、そういうふうに感じているんです」

あそこまでやらなくていいってどういうこと？

気にしないことにしようと思っても視界にチラつく人たち。私たちを良く思っていない上層部。私たちを選抜はしたが直接雇っているわけではない（彼らのサイフは痛んでいない）人たち。彼らはひっそりと、私たちの振る舞いを「やりすぎ」と判断していたのだ。意外だった。足らないのではなく過剰だったのだ。ここ二年ほど総務部長とは絡んでいない。彼女もそろそろ異動になる頃かと思うし、本格的に私たち見切りをつけたのだろう。実際、「おもてなし」によって何かが具体的に良くなったとは、市民は思っていないのではないだろうか。少なくとも目を通してきた全ての投書からは、そんな声は届いていない。

話し合いを終え、二人で無言でロッカー室に向かった。閉庁したフロアに乾いたパンプスの音だけが響く。

「だったら無理なお願いは断っていいって、黙ってないで言ってよね」

エンヤマさんがロッカー室まで待てずに息まいた。

「きっとわざと言わなかったんですよ」

私はエンヤマさんの言葉にかぶせた。「そう明言してしまうと逆に手を抜きかねない奴らだと、思ってるんでしょうね」

　エンヤマさんも止まらない。

「そこまでしなくていいと思っても、後から苦情が来ても知らんぷりじゃないの」

「そう、やらざるを得なかったんですよ。私たちの立場じゃあ断れない」

「苦情を精査するわけでもなく、晒せば直ると思ってるんでしょうね」

「前任者がいない訳ですよ。何でも聞いていいなんて、最初から茶番です」

　私はロッカー室のドアを閉めたとたん我慢ならなくなった。

「あっそ。じゃあもう」

　だったら私は私のやり方で好きにやる。ちょっと前に、楽しく乗り切る方法を見つけ出したばかりだ。やりすぎというのなら、むしろ「やりすぎて」やろうじゃないのよ。

　私はお客さまの願いを叶えてあげたい。とにかく気持ちよく納得して手続きを終えていただきたい。苦情が攻撃かそうじゃないかは、一部始終を聞き、これまで経験してきた数々の「セッションン」に基づいて私が判断する。

「ネコミズさん。自暴自棄になってない、よね？」

　エンヤマさんが様子を伺ってきた。

「いいえ全然」と即答したが、

「ほーらその顔よ！　もう分かってるわよ。これはヤバい感じしかしないわ」

　エンヤマさんが笑った。

＊

「遅い！」

私の前でおじさんが顔を真っ赤にして激怒している。そしていまだに呼ばれない整理券を私に突き出してきた。ラルフローレンのポロシャツをしっかり「イン」しているおじさん。「もう帰る！」さらに怒鳴った。

「ああ順番来ないですか」

私は立ち上がり、おじさんと一緒に窓口のモニターを見に行った。

クレーム対応マニュアルでは、苦情にはまず謝罪するのがいいと習う。でも私は、即座にすいませんとは言わない。まだどういう話なのか見えていないうちに謝るのは早急だし、私ならこちらの言葉を小刻みに遮っては謝罪の言葉を述べられてもなおさら頭に来る。「謝ってやるから、もう黙れ」と言われているようでさらに怒りたくなる。ことさらな謝罪は、時に絶好の燃料になる。

モニターを見るとあと三番だ。もう少しだろうけど。

「冗談じゃない」

おじさんはもう一度、整理券を突き出してきた。

以前の私なら「怒ってるなら仕方ないか」と整理券を受け取っただろう。そして「何なの、あの客」とぶつくさ言いながら、丸めてゴミ箱に捨てただろう。

「混んでますねえ！　今日は何の書類を取りに来られたのですか」

私は聞いた。カッカしているおじさんのリズムには同期せずに、しかし同調する。

「戸籍。うちのばあちゃんの、生まれてから死ぬまでの」

おじさんはつっけんどんに答えた。

「原戸籍（はらこせき）ですね。それですと古い戸籍データを見なくてはならないので、けっこう時間がかかりますよ」

「そうなのか？」

「しかも今日はいつもより混んでいますよ」

「そっか、混んでるのか」

「そうですね。病院と同じで、週明けと午前中はどうしても」

「そんなもんか。でも戸籍が長くかかるとか、言ってくれてもいいじゃない」

おじさんが声を張った。それもそうだ。ひと言付け加えるだけで相手の気持ちも全然違ったものになる。待つ心の準備もできただろう。

「それで、あの――」私は切り出した。

「今日せっかく来られたのですし、私としては、ここで帰るのは勿体ないかなあと」

おじさんが目を丸くした。

わかってる。最初は私にケンカをふっかけるつもりだったんだろう。私が抵抗したら、逆に叱りとばそうとでも考えていた。そして鬱憤を晴らすつもりだった。

でもそれはダメだ。

なぜなら、今日の目的は達成されないから。彼が損をするからだ。

おじさん表情が揺らぎ始めている。葛藤しているようだ。

「と、とにかくこっちは忙しいんだ！」

「わかります！　逆に、最悪何時までなら大丈夫ですか。ちょっと確認してきますよ」

私は進行状況をキタノさんにでも聞いてみようと歩き出したが、止められた。

「いや、今日は用事入れてないからいいよ」

「いえ、聞いてきますよ」私が言うと、

「っていうか、特別時間かかるんなら、最初にそう言ってほしいんだよな」

そう、これがおじさんの「本音」だ。

「申し訳ありません。これは私からワンストップ交付窓口に、そういう声があったと伝えておきます」

「そうしてよ」

「でも今日のところは帰るなんて言わないで、もう少しだけ待ってみませんか」

「お前さん、しつこいなあ」

おじさんが吹き出した。食い下がる職員なんて見たことないかも。

「あんたがそう言うなら待つか」

待合椅子に戻って座り直し、腕を組んだ。

「ありがとね。あそこで帰らなくてよかったわ」

さっきゴネたことなんてすっかり忘れたかのようにおじさんが帰ってゆく。あれから一〇分後のことだ。

「お疲れさまでした」

胸のあたりがじんわりと温かくなった。

コンシェルジュの語源はフランス語だ。集合住宅（アパルトマン）の「管理人」から来ている。それを今では拡大解釈し、総合世話係として広く知れ渡っている。そして前者はともかく、後者は決して「ノー」と言わないということになっている。香港の、あの男性コンシェルジュみたいに。でもホテルはホテル、市役所は市役所だ。私はもう揺るがなかった。ここにはここのゴール、目的がある。私の役割は、お客さまが自分の用事を全うするべく持って行くこと。
そうできたら――私の勝ちだ。

そして今日もまた、おじさんが激怒している。

「あんたはこれをどう思うんだね、え？」

私は詰め寄られていた。来年から着工されるバンノウ市のメイン駅前の再開発計画。あまりにも大々的な事業すぎて、従来から駅前に住んでいた近隣どころか市の北半分を巻き込んで反対運動が巻き起こっていた。市長は開発に乗り気だ。というか、駅前の活性化はとりあえず開発さえすれば何とかなると思っているようだ。そして北側に住むこのおじさんは、工事開始を前にやって来て不満をなぜか私にぶつけているのだけれど。

「あんた市の職員だろう。あ？　どう思ってんだね！」

日焼けした肌にキャップ被ったおじさんが、もう一度私に凄んだ。なんで私に？

「私がどう思っているか、ですか？」

怒られたら起り返す。こういう時は息を合わせてみる。

「そんなこと、知りたいんですか」

「お、おう」おじさんが答えた。なぜかひるんでいる。

「本当ですか」まっすぐ目を見て言った。

「……」

私も相手と同じくらいの時間黙っていた。最初に口を開いたのは私だ。

「あの、本当は私がどう思っているか、ではないですよね」

おじさんは口を一文字に結んだ。私は静かに言った。

「たとえ私が駅前再開発に何か思うところがあっても、今ここで、こうして勤務していて、言えるわけがないじゃないですか」そして続けた。

「ちゃんと担当課がありますので、そこで言って頂きたいのです」

私に来る大抵のクレームは、これ以上先には行かない。そもそも八つ当たりだからだ。私が電話を取り上げ「課長につなぎます。今からお客様がそちらに行ってお話したいと」と言うと「もういい」と足早に去っていく。ひどい時には電話を切った時には忽然と消えている人もいる。

私の目の前で「行政はクズよ！」そう言い出すので「何があったのですか。お話聞かせてください。記録しますので」と、食い気味でメモとペンを持ち出しただけで帰ってしまったおばちゃんもいた。投書は好きに書くくせに、こっちが書こうとすると逃げるのね。

けれど今日のおじさんは違った。

「よし、じゃあ行ってやろう。どこの課だ」

「三階右の開発推進課でございます」

「よしきた」

おじさんはずんずんと中に入っていった。

翌日、投書が一枚、ひっそりとポストに入っていた。

「受付の人がクレーマーにキゼンと対応していて、すごいなと思った」

任意記載になっている年齢欄を見たら、何と中学生だった。

「へえ意外」

私たちは顔を見合わせた。

「でもあれはクレーマーじゃないし」

私がちょっと真面目に言い直すと、エンヤマさんも頷いた。

「そうね、あれが市役所の「本当のお客さま」よ」

三月二一日、人事異動の内示があった。部長はこの春やはり異動が決まり、さらに伏魔殿の奥へと引っ込む予定だ。この調子だと副市長まであと一歩だ。定年まであと三、四年はある。彼女は彼女で、次に狙うべき獲物があるのだろう。

＊

二〇一九年六月三〇日。勤務最終日はよく覚えている。

その日は朝から「話しかけられる日」だった。私は最後の仕事を楽しんでいた。「どうもね～」という言葉に、分厚い壁をぶっ壊されてから一年足らず。気持ちひとつで疲れ方までこうも違うのかというほど身体が軽くなった。肉体的には疲れるが、皮膚鏡面を削られるような消耗はまったくない。やればやるほど私は生き生きしてきた。医者に「原因不明のストレス」と言われた二本の指だけが突然死ぬという症状は、いつのまにかそうなること自体を忘れていた。タイムリミットは今日の五時半だ。あと数時間、私はどんな人と出会うことになるのだろうか。

今日は金曜だし、午後は駆け込み来庁が多い。きっと最後の業務にふさわしいラストラン、駆け抜け切った達成感に満たされるはずだ。まったく予測がつかないが、未知の感情を迎える期待で胸が高鳴る。ドラマみたいに天を仰いで叫びたくなるだろうか。それとも結婚式の両親への手紙みたいに感極まって涙を流したくなるのだろうか。

「こんにちは」
「こんにちは」

「こんにちは」
「どうも」

「こんにちは」
「ちゃす」

午後イチはたしかに少し混雑した。しかしそれ以降は混雑する気配がない。雨も降って来た。
短い挨拶だけが続く。まもなく四時半だ。誰もが私を素通りしていく。それぞれ粛々と記載を始めたり、目当ての窓口に向かったりしている。

五時二五分、自動扉を分け入るようにして入って来たスーツの男性がこちらに近づいてきた。
「こんにちは」

「トイレどこですか」

「右手奥にございます」

右手を掲げて指し示した。ロビーはまやもや静かになった。

男性がトイレから出てきた。彼は私たちを通過してせかせかと記載台に向かい、書類を書き始めた。そして記入を終え、発券機から整理券を取ったその時、閉庁のチャイムが鳴った。

もう誰も入ってこないロビーに、私たちはぽつねんと残されていた。


もっと爆音で終わるかと思った。


「では」

「総務課に戻りますかね」

私たちはゆっくりとコンシェルジュカウンターから立ち上がった。今日の投書箱には何も入っていなかった。ひざ掛けとわずかの紙資料、自分たちの貴重品を持って、もう一度忘れ物がないか見渡した。椅子をカウンターの中に入れる。そしていつもは通らない中央通路を通って総務課に戻った。

このコンシェルジュカウンターは、週末に撤去される予定だそうだ。

二〇一九年・秋

「まず最初に、この市役所に応募した志望理由を教えてください」

数か月後、私はまたしても役所の上層部の前に座っていた。今度はバンノウ市の北、ムカシナガラ市だ。ツキナミ市からはさらに通勤時間が長くなるが仕方ない。とりあえず職に就かなければ生きていけない。

ずらりと並んだ市役所中間管理職は、どの市でもことごとく似たような顔をしている。今どこの市役所にいるのか混乱しそうなほどだ。

面接役の一人が質問を始めた。

「履歴書では、ネコミズさんはバンノウ市でコンシェルジュをやられていたんですね」

「はい」

「まあ総合案内……みたいなものですかね？」

「はい、その通りです」私は答えた。

「まあねえ、大変だったでしょうねえ」

どこも同じだ。お客さまは神様という風潮も。

「お察ししますよ」

灰色スーツにバーコード頭の初老の男性が笑った。たぶん偉い人なのだと思う。

「ありがとうございます」

私は一礼した。

「今回の募集も窓口なんですが、ではその辺も大丈夫ですね」

「はい、大丈夫です」

「なら良かった」バーコードが言った。

「ではこれが最後の質問となるのですが」

進行役の長い黒髪の女性が改まって言った。この質問で、たぶん「決まる」——


「接客で最も大切にしていることは何ですか」


あの日々が一気に脳内に駆け巡った。

接客をする人にとって一番見逃せないと思うもの。

思いやり、優しさ、もてなしの心、共感力——少し迷ったが、言うことにした。


「まず自分の機嫌を取ることとです」


バーコードが、にっこりした。

「なるほど。それも大事ですよね」そして続けた。

「市民への「おもてなしの心」に関してはどうですか?」

私はちょっと躊躇したが言ってしまおうと思った。どこかで言わなければ、この階層の人たちにはわかってもらえない。

「おもてなしは、自分をケアしたその後でも大丈夫です」

バーコードのおじさんは微笑して小首をかしげた。

「そうかもしれませんね」

進行役の女性が言った。

「ではこれで面接は終わりになります。今日はありがとうございました」

私は最敬礼して席を立った。あいかわらず、人事の「にっこり」は怖い。

二週間後、ムカシナガラ市から面接結果を受け取った。「不採用」だった。

フッ、

不採用通知を読みながら、なぜか笑いがこみ上げてきた。

あーあ、どこもかしこも自己犠牲する職員を求めている。

おもてなし――それはどこからともなく無料で湧き出てくる際限なき泉ではない。

エピローグ

この小説は、二〇二二年三月から七月まで、noteにて連載していた小説『お客さま、そんな部署はございません』を、書籍用に書き直したものです。

これは「カスハラ」という言葉が生まれる少し前のこと。非正規職員の私が（苦し紛れに）仕事の現場を少しでも心地よい場所にしたくて、また、サービスの受け手と与え手の上下関係を少しでも対等にしたくて、孤軍奮闘した足跡です。

実のところ、私がコンシェルジュとして働いていた時期や設定は、小説とは若干違います。それでも、労働現場の空気感だけは、現実も小説も同じようにしました。二〇一三年、国際オリンピック委員会（IOC）が、開催地を「トウキョウ」と言って決めた時、全世界に発信した「おもてなし」。マスコミは一斉に、日本の美徳としてアピールしたものです。けれど、この言葉に潜む犠牲的精神は、静かに現場を疲弊させていたのです。

それが、ですよ。コロナ禍でまたたく間に「従業員はやり過ぎ」「お客は求めすぎ」「不当な要求は断れないと」「働く側がメンタル病む」——そんな空気になるなんて。私が退職した頃は全く想像がつきませんでした。二〇二五年四月には、いよいよ東京都で「カスタマーハラスメント防止条例」が施行されます。よい流れだと思います。でも一方で、カスハラ問題というものは、条例を定めただけで一気に解決するものではない、そう思ってもいます。というのも、接客現場とは本質的にはコミュニケーションの場であり、リアルタイムで感情が揺らぐ不安定な場だからです。どんなに詳細なマニュアルを作っても「え、そこで？」と思うような角度からトラブルが起こる。こんな時、どういう価値基準を持てばいいのか。どんな要求が正当で、どんな要求が不当なのか。カスハラをなくしていくには、サービスを与える側と受ける側双方が、それを常に問い続け考え続けなければいけないのです。もしかしたら「おもてなし」という無条件の服従より、こっちの方が難しいかも・・・今後私たちは、まだまだ一筋縄ではいかないシチュエーションに戸惑うことになるでしょう。

働く中で、勝ち負けにこだわった時期も、偏見だらけで接してしまったこともありました。でも、時たま訪れる「あの瞬間」が忘れられなくて・・・お客様との波長がかみ合い、ふしぎな調和が生まれた瞬間と重力から解放された心地よさ。温かさ。あの瞬間が忘れられなくて、私はこれを書きました。

最後に。ちょっとおこがましいですが、この小説が新しい接客の在り方に対する小さな提案となっていただけましたら幸いです。

越水玲衣

越水玲衣（こしみず れい）
兼業文筆家
新潟県出身、東京都在住
文化学院／日本大学 卒業
16歳のとき映画雑誌『ロードショー』シネマ・エッセイ受賞以来、市民劇の脚本やカルチャーエッセイ、コラム等を寄稿している。たまにＤＴＰデザイナーやタロット占い師として出没することもある。心の師匠はヴォルフガング・アマデウス・モーツァルト。

カバーデザイン　yasco

お客さま、そんな部署はございません
2024年12月18日

著　者――越水玲衣
発　行――日本橋出版
〒103-0023　東京都中央区日本橋本町2-3-15
https://nihonbashi-pub.co.jp/
電話／03-6273-2638
発　売――星雲社（共同出版社・流通責任出版社）
〒112-0005　東京都文京区水道1-3-30
電話／03-3868-3275

ISBN978-4-434-35056-6
落丁・乱丁本はお手数ですが小社までお送りください。
送料小社負担にてお取替えさせていただきます。